불광동
세무사는
오늘도
성장 중

불광동
세무사는
오늘도
성장 중

김우영 지음

도전과 배움으로
가득한 세무사
이야기

루아크

　　요즘 동네를 걷다 보면 예전보다 '세무사 사무소' 간판이 부쩍 눈에 들어옵니다. "죽음과 세금은 피할 수 없다"라는 말처럼 세무사는 어느새 우리 삶 가까이에 자리한 직업이 된 것 같습니다. 그래서인지 세법이나 세무사 시험을 다룬 책을 시중에서 쉽게 접할 수 있습니다. 그런데 정작 '세무사'가 어떤 마음가짐을 가져야 하고, 어떻게 일해야 하는지 이야기하는 책은 찾기가 어렵습니다. 저 역시 세무사라는 직업을 제대로 알지 못한 채 그저 막연한 마음으로 시험을 준비했던 기억이 납니다.

　　세무사로 일한 지 제법 시간이 흐른 어느 날, 문득 이런 생각이 들었습니다.

'세무사는 과연 뭘까?'

배움에는 끝이 없다고 합니다. 세법도 마찬가지입니다. 조문은 늘 개정되고, 판례는 끝없이 쏟아져 나옵니다. 아마 눈을 감는 그날까지 공부해야 할지도 모르겠습니다. 하지만 조용히 그 끝을 상상해 보면, 결국 마주하게 되는 건 조문이나 숫자가 아닌 '사람'이었습니다. 그래서 마음을 먹었습니다.

'한 사람으로서 세무사의 이야기를 글로 써보자.'

그렇게 우연처럼, 어쩌면 운명처럼 '술술이 세무사'라는 필명으로 글을 쓰게 되었습니다. 그러나 세무사 일을 병행하며 글을 쓴다는 건 마음처럼 쉬운 일이 아니었습니다. 어떤 날은 글을 쓰느라 몸을 돌보지 못해 며칠을 앓아눕기도 했고, 먹고 사는 일이 바쁘다 보니 '내가 이 짓을 왜 하고 있나' 하며 회의감에 빠지기도 했습니다. 그럼에도 글쓰기를 놓을 수 없었습니다. '세무사로 일하며 겪은 이야기'를 책으로 엮어 많은 이에게 들려주고 싶다는 꿈이 생겼기 때문입니다.

저는 '꿈을 꾸는 사람은 꿈을 이룬다'고 믿습니다. 막연한 욕심이 아니라, 간절한 바람과 함께 꾸준히 노력했을 때 주어지는 결과 말입니다. 믿기지 않지만, 결국 그 꿈이 이뤄졌습니다. 마치 세무사 시험에 합격했을 때처럼 가슴이 벅차고 설렘이 가득합니다. 한편으로, 이 책을 읽게 될 누군가를 떠올리면 조금은 두렵기도 합니다.

부족하지만 이 책이 세법이 어렵게 느껴지는 분에게는 소소한 재미를, 세무사라는 직업이 궁금한 분에게는 진솔한 현장의 이야기를 그리고 같은 일을 하고 있는 분에게는 공감과 위로를 드릴 수 있기를 바랍니다.

부디 함께 울고 웃으며 '술술이 세무사'의 이야기를 즐겨주세요.

술술이 세무사

김우영

차례

2장 비바람 속에서 자라는 세무사

3장 이제야 세무사입니다

1장

유난히 길었던
세무사의
하루

눈물 젖은
전단지

아침 9시.

왁스로 잔뜩 힘을 준 머리, 쫙 빼입은 정장, 그 위로 영롱하게 빛나는 금빛 세무사 배지…. 거울에 비친 코털마저 제거하면 출근 준비가 끝난다. 출근길에 '전단지 돌리기', 속칭 '돌방 영업'을 시작한 지 3일째. 전단지 영업은 첫인상이 중요하다 보니 외모에 신경을 많이 쓰고 있다. 출근하며 제일 먼저 찾아간 곳은 그간 눈여겨 봐왔던 24시간 순댓국집.

"어서 오세요!"

이른 마수걸이 생각에 반갑게 인사를 건네는 사장님. 자리를 안내하려다 전단지 내미는 손을 보고는 이내 표정이 차가

워졌다. 정장에 서류 가방을 든 모습이 영락없이 영업사원이다. 다음은 그 옆 카센터. 전단지를 흘겨보던 사장님의 입이 씰룩였다.

"궁금한 게 있는데, 양도세 좀 알아요?"

개업 2년 차, 아직 실무서가 옆에 없으면 확신 있게 대답하기 어렵다. 곧바로 대답이 나오지 않자 사장님은 '씨익' 하고 알 수 없는 웃음을 짓더니 그만 가보라 하신다. 전단지를 돌릴 때와는 사뭇 다른 창피함이 느껴졌다. 이래서 사장님을 마주하지 않고 데스크 직원에게 전단지를 건넬 때가 마음이 편하다.

한의원, 헬스장, 미용실 등을 차례로 돌고 아직 문을 열지 않은 술집에는 문 아래로 슬쩍 전단지를 밀어 넣었다. 어제까지 돌린 전단지는 총 100여 장. 계약은 바라지도 않았지만 그래도 전화 한 통은 올 줄 알았는데, 전화기는 여전히 묵언수행 중이다. 세무사 업계에는 '전단지 영업 성공률은 1,000분의 1'이라는 말이 있다. 허언이 아닌 듯 수확 없는 시간만 흘러간다. 부디 버려지지 않기만을 바라며 다음 가게를 물색했다. 한여름 같은 초가을 날씨에 셔츠 안 등줄기로 고인 땀이 주룩흘렀다.

낮 12시. 땀으로 샤워한 몸을 이끌고 드디어 원룸 사무실에 도착했다. 사각팬티만 남기고 옷을 벗어 던진 뒤 에어컨을 켰다.

"하…."

고작 2시간 남짓 전단지를 돌리고 왔을 뿐인데, 단전 깊은 속에서 한숨이 터져 나왔다. '뭐 그리 힘든 일을 했다고 청승이냐, 술술아!' 나약한 자신에 대한 자책과 함께 회의감이 몰려왔다. 직업에 귀천은 없다지만 명색이 '사'짜, 국가에서 인정한 세법 전문가인데…. '좀더 전문가스러운 방법'으로 영업하고 싶은 마음이 굴뚝같다. 하지만 그전에 사무실 한켠 가득 쌓여 있는 전단지 1,000여 장부터 해결해야 한다.

'500장만 주문할걸….'

처음 전단지 영업을 계획했을 때는 남들과는 차별화된 나만의 전단지를 만들 생각에 들떠 있었다. '과세사업자용'과 '면세사업자용'의 유형별 두 가지 맞춤형 디자인, 성의 없는 단면지가 아닌 네 면을 알차게 채운 2단 리플릿, 디자인을 통일한 명함과 함께 담아낼 접착식 포장 봉투까지. 그렇게 한 달을 꼬박 쏟아 완성한 전단지는 그야말로 보기만 해도 배부른 내 새끼들이었다. 그러나 이제는, 보고 있으면 눈앞이 캄캄해지고 속이 울렁거린다. 그래도 버릴 수야 있나. 생활비도 빠듯한 형편에 '거금 80만 원'이나 들여 만든 전단지는 내게 실낱

같은 동앗줄이었다.

5일은 반드시 채워보기로 마음을 다잡았다. 전단지를 돌리고 온 날은 스트레스로 밥이 넘어가지도, 일이 손에 잡히지도 않는다. 컴퓨터 앞에 앉아 요새 빠져 있는 게임을 켰다. 두세 판 하다 보면 어느새 오후 3시. 그제야 출출함을 느끼며 개업 선물로 받은 전기포트에 라면 물을 올렸다.

개업 때 자리 잡은 원룸 사무실은 주택가 안쪽에 위치한, 주거를 목적으로 거주하는 사람만 있는 곳이었습니다. 한 마디로 '그냥 집'이었죠. 간판을 달 수 없기에 로드 손님은 절대로 찾아올 수 없는, '은밀한 아지트' 같은 장소였습니다. 게다가 블로그나 SNS를 운영하지도, 각종 모임에 전혀 참여하지도 않으니 영업이 이뤄지려야 이뤄질 수 없었습니다.

개업 후 일 년이 지날 즈음, 의자에 앉아 멍 때리고 있는데, 문득 일 년 전과 하나도 변하지 않았다는 현실이 실감 났습니다. 정말 등에 서리가 내린 것처럼 오싹했지요. 급한 마음에 당장 무언가를 해야 할 것 같았지만, 지금껏 생각 없이 살다 보니 그저 막막하기만 했습니다. 그러다 떠오른 것이 바로 '전단지'였습니다. 사실 전단지를 제작할 때만 해도 참 즐거웠습니다.

"이렇게 해주세요. 저렇게 해주세요."

디자인이 점점 나아지는 것을 보니 제 미래도 나아질 것만 같았고요. 처음에는 퇴근 후 집에 가는 길에 전단지를 돌리기로 계획했습니다. 그런데 막상 퇴근 시간이 되니 '전단지 돌리는 것'이 너무나도 겁이 나서 결국 8시가 넘도록 자리에서 일어나지 못했습니다. 그렇게 전단지는 전단지대로 쌓여 있고, 퇴근은 퇴근대로 하지 못하는 하루가 반복되었습니다. 더 큰 문제는 이런 작은 일조차 용기 내지 못하는 자신이 한심스러워 사업에 대한 열의가 점점 사그라들었다는 것이었습니다.

이대로라면 눈앞에 기다리는 것은 진짜 폐업뿐이었기에 정신을 차려야 했습니다. 며칠을 망설인 끝에 출근길에 전단지를 돌리기로 방법을 바꿨습니다. 출근을 미뤄버리면 몇 개 없는 거래처마저 떠나갈 것이기에 아무리 겁이 나도 용기를 낼 수 있었습니다. 그 결과, 5일간 총

250장의 전단지를 돌릴 수 있었습니다. 하지만 여러모로 자존감이 떨어졌고, 스트레스가 다른 업무에도 지장을 줄 정도여서 마음속으로 정한 5일을 채운 뒤 더이상 전단지는 돌리지 않았습니다.

'시대가 어느 때인데 웬 전단지?'

'세무사가 쪽팔리게⋯.'

누군가는 이렇게 냉소적으로 생각할 수 있겠지만 "눈물 젖은 빵을 먹어본 사람이 아니면 그 맛을 모른다"라는 말이 있죠. 전단지 돌리기는 저를 다시 태어나게 하는 계기가 되었습니다.

꺼내지 못한
명함

아는 동생의 소개로 알게 된 '창업자 모임'에 나가보기로
했다. 전단지 영업 실패로 낙담한 걸 들은 동생이 수소문 끝에
이 모임을 알려준 것이다.

"형, 오늘이죠? 잘하고 오세요."

동생이 문자를 보내왔다. '기특한 녀석.' 어느 때보다 머리
에 잔뜩 힘을 주고, 정장 주머니 가득 명함을 담았다. '세무사
다이어리'를 넣은 서류 가방까지 챙기면 준비 완료! 오늘만큼
은 동생의 응원에 보답하기 위해서라도 최선을 다해보자고
다짐했다.

일찍 일어나는 새가 벌레를 잡는다고, 30분 먼저 온 탓에

다른 참석자는 아직 보이지 않았다. 시간도 때울 겸 배치된 의자 수를 세어보니 약 50명 정도 참석할 듯했다. 강의나 모임을 해보면 사람을 모으는 일이 가장 어려운데, 이 정도 인원이라면 제법 유명한 모양이었다. 곧 하나둘 사람들이 도착했다.

'지금 명함을 나눠줄까?'

명함을 만지작거리다 조금만 더 기다려보기로 하고, 전체 분위기도 살필 겸 맨 뒤쪽에 자리를 잡았다. 얼마 지나지 않아 쉰 개의 의자가 모두 채워졌고, 늦게 도착한 참석자는 옆에서 간이의자를 빌려와야 했다.

'출석률이 높네. 명함을 더 챙겨올 걸 그랬나.'

아쉬움을 뒤로하고 문득 잊고 있던 주변을 둘러봤다. 바람막이에 청바지를 입은 사람, 모자를 푹 눌러쓴 사람, 수염을 잔뜩 기른 사람, 맨투맨에 백팩을 멘 사람까지 참석자 대부분은 편안한 캐주얼 차림이었다. 누군가에게 잘 보이기 위해 꾸몄다거나, 옷차림에 특별히 신경 썼다고 보이는 사람은 찾을 수 없었다. 머리에 잔뜩 힘을 주고 정장을 쫙 빼입은 사람은 오직 나뿐이었다.

그랬다. 이 모임은 창업자들 간의 교류와 친목을 나누는 자리였지 '세무사' 영업을 위해 마련된 자리가 아니었다. '나도 창업자인데요?'라고 스스로를 합리화해 봤지만 '정장을 입고 명함 돌리는 모습'은 누가 봐도 영업사원이었다.

'좀 편하게 입고 나올걸…'

첫 모임이다 보니 '잘 차려입고 가야 한다'고만 생각했는데, 자리에 어울리지 않는 옷차림이 되려 부자연스러워 보일 수 있다는 걸 그제야 깨달았다. 그리고 그 순간부터 자리가 가시방석처럼 느껴지기 시작했다.

모임장의 인사에 이어 시작된 참석자들의 자기소개 시간.

"안녕하세요. 저는 애완견 간식사업을 구상 중인 ○○○입니다."

"온라인 쇼핑몰에서 치약을 수입해 판매하고 있습니다."

"저는 회사원인데, 퇴사를 앞두고 여러 고민이 많아 참석하게 되었습니다."

불순한 의도로 참석한 사람은 단 한 명도 없어 보였다. 이제 내 차례였다.

"안녕하세요. 저는 최근에 창업한 세무사입니다."

이후 이런저런 말을 이어가긴 했지만 무슨 말을 했는지는 전혀 기억나지 않았다. 자기소개가 모두 끝나고 휴식 시간이 주어지자 나는 안주머니 가득한 명함과 서류 가방을 챙겨 조용히 그 자리를 빠져나왔다.

'머저리 같은 놈.'

집으로 돌아오는 지하철 안에서 고개를 떨군 채 조용히 혼잣말을 내뱉었다.

그때를 떠올리면 '뭐, 저런 덜떨어진 놈이 있나?' 하는 생각이 듭니다. 따지고 보면 저 역시 창업한 게 맞고, 결국 다 먹고살자고 모였을 텐데 말이죠. 그냥 조용히 앉아 있다가 대화라도 몇 마디 나눴다면 소중한 인연이 생겼을지도 모르겠습니다. 하지만 사실 처음 명함을 만지작거리던 순간부터 용기가 나지 않았던 것 같습니다. 이어지는 자기소개까지 들으니 순수한 모임에 불순한 의도로 온 스스로가 너무 부끄러웠고요. 나중에는 의자에 앉아 있는 것조차 힘들었습니다. 아무도 나에게 관심조차 없었을 텐데 말입니다. '자격지심'이었나 봅니다.

지하철을 타고 돌아오는 길. '이런 사회성으로 험난한 세상을 살아나갈 수 있을까?' 하는 걱정이 밀려왔습니다. 믿어준 동생에 대한 미안함, 이것밖에 안 되는 자신에 대한 답답함까지 겹쳐 패배자가 된 기분이 며칠 동안이나 따라다녔죠. 참 모지리 같았지만, 그래도 마냥 싫지만은 않은, 아직 여물지 못한 '순수함'이 느껴지는 기억이었습니다. 그리고 전단지 영업에 이어 이날을 계기로 내 성격을 확실히 알게 되었습니다. 저는 완벽한 'I'였습니다.

술술이
개업을 결심하다

시간이 남아도는 나날, 출근 뒤에는 웹툰을 보거나 쇼핑몰을 기웃거리며 이것저것 시답잖은 일들로 하루를 보내고 있다. 그중 하나가 바로 '한국세무사회' 홈페이지에 올라오는 세무사 모집공고를 들여다보는 일이다.

○○○기금 - 신입직원 채용 공고

모집부문: 세무사

채용인원: 3명

연봉: 약 4,960만 원

한국○○○공사 – 전문계약직 채용 공고

모집부문: 세무사

채용인원: 1명

연봉: 약 5,553만 원

요건: 3년 이상 세무 분야 경력 보유

개업은 2년 차지만 근무 세무사 경력이 5년이라 웬만한 지원 자격은 충족했다. 채용 인원이 많지는 않지만 아직 젊으니 열심히 준비한다면 통과하지 못할 것도 없었다.

'다시 회사로 들어가는 건 어떨까?'

개업 후 일 년이 지나도록 점심값을 걱정하고, 가족 생일 선물을 고르다가도 가격표를 보고 내려놓는 내 모습을 보며, 이제는 안정적으로 돈을 벌고 싶었다. 게다가 하루 종일 원룸 사무실에 혼자 있다 보면, 마치 영화 〈캐스트 어웨이〉의 '톰 행크스'처럼 사람의 온기가 그리웠다.

월급을 받는다면 제일 먼저 부모님 댁에 건조기부터 놓아드리고 싶다. 직장 동료들과 퇴근 후 술 한 잔 기울이며 사는 이야기를 나눈다거나 멋지게 꾸며서 사내 연애를 하는 망상에 빠져도 본다. 하지만 그럴 때면 스스로에게 물었다. 다시 회사에 들어갈 생각이라면 잘 다니던 세무법인은 대체 왜 그만두었냐고.

입사 5년 차가 되던 해에 나는 팀장이 되었다.

'믿고 맡겨주신 자리 최선을 다해보리라!'

어린 나이에 높은 직책을 맡으니 걱정도 되었지만, 그 이상으로 책임감과 의욕이 넘쳐났다. 이 위치까지 나를 인정해 준 회사와 대표님의 기대에 부응하기 위해서라도 새로운 방식으로 다양한 시도를 하면서 수익 창출에 기여하고 싶은 마음이었다.

그러나 회사 창립부터 함께한 오래된 직원들은 어린 세무사를 팀장으로 인정하기 어려웠던 모양이다. 그네들은 팀장의 이야기를 귓등으로 흘리며 그동안 해오던 업무 방식에서 조금의 변화도 용납하지 않았다. 마치 엔진은 우렁찬 굉음과 함께 달려나갈 준비를 마쳤지만, 바퀴가 다 누워 있어 한 발짝도 움직이지 못하는 상황. 결국 나는 아무것도 바꾸지 못한 채 기존 방식대로 일 처리만 반복하는 날들을 보내야 했다.

그러던 어느 날, 머릿속에 떠오른 두 글자, '퇴사'. '이곳에서 해내지 못한다면 내 회사를 만들어 이뤄보자!' 단단하게 결심이 서니 그 이후로는 거칠 것이 없었다. 며칠 지나지 않아 대표님께 사직서를 전달했고, 한 달 동안의 인수인계 기간을 거친 뒤 지금의 원룸 사무실로 출근을 시작했다.

매달 꼬박꼬박 들어오는 월급의 달콤함에 취했다면, 직장 동료들과의 어울림을 우선했다면 나는 지금도 회사를 떠나지 못했을 것이다. 하지만 내게는 내 회사를 만들어 보겠다는 무쇠와 같은 결심이 있었다. 젊음에서 오는 객기여도 좋다. 나는 늑대, 우리가 아닌 초원에서 죽고 싶다.

———————— 술술이 마음

퇴사 당시 부모님을 시작으로 주변의 그 누구도 제 결정을 응원해 주지 않았습니다.

'그냥 다니지, 네가 뭘 어쩌려고.'

준비 없는 성급한 퇴사에 다들 현실도피라고 생각했던 것 같습니다. 하지만 그럴 때는 후회보다 분노가 들끓으며 오기가 치밀었습니다.

'그래? 내가 보여준다!'

쥐뿔도 없으면서 자존심만 셌죠. 역시나 주변의 우려처럼 개업은 쉽지 않았습니다. 좀처럼 나아지지 않는 상황 속에서 다시 취업하는 것을 잠시나마 고민한 적도 있었고요. 그런데 아무것도 해보지 못한 채 중간에서 포기하고 다시 회사로 돌아가는 모습을 상상하면, 그것이야말로 현실도피였습니다.

'죽더라도 여기서 죽자.'

그럴 때마다 퇴사 당시의 결심을 떠올리며 마음을 다잡았습니다. 첫 직장을 아무런 준비 없이 그만둔 건 참으로 무모한 결정이었습니다. 하지만 그 결정은 지금의 저를 만들어 준, 과감한 도전이기도 했습니다.

강호의
도리

블로그를 개설한 지 한 달이 지났다. 총 포스팅 개수는 29개, 일일 방문자는 10명 남짓. 쩝…. 귀동냥으로 알아보니 다음 중 하나라도 해당하면 AI가 '저품질 블로그'로 판단한다고 한다.

- 하루에 3개 이상 과다 포스팅
- 글을 복사해 붙인 그대로 베낀 콘텐츠
- 직접 썼다고 보기 어려운 짧은 작성 시간

그래서 하루에도 열 몇 개씩 올리고 싶은 마음을 참으며 최대한 이를 지키는 중이었는데…. 한 달이 넘도록 좀처럼 늘지 않는 방문자 수에 스트레스가 이만저만이 아니었다. 몇 안 되는 방문자도 유입 경로를 보면 검색이 아니라 알 수 없는 'URL'을 통한 것이었다.

'다른 세무사들은 어떻게 하고 있을까?'

궁금한 마음에 우리 지역으로 세무사를 검색해 봤다.

'○○구 세무사'

수두룩 빽빽이 나오는 세무사 블로그들.

'우리 지역에 이렇게 세무사가 많았나?'

서울에서도 손꼽히게 세무사가 적은 동네인데, 이렇게 블로그 수가 많다니 놀라울 따름이었다. 의아한 마음에 몇 개를 클릭해 보았다. 헉! '○○구 세무사' 키워드에 말도 안 되는 이상한 내용과 잡다한 이미지를 잔뜩 올려놓거나, 다른 지역에 있는 세무사가 타인의 블로그를 이용해 같은 검색어로 여러 번 노출되는 등 홍보성 짙은 블로그만 잔뜩 검색되는, 목구멍이 막힌 것처럼 답답한 상황이었다.

'이러니 내가 검색될 턱이 없지.'

검색엔진의 잘못인가? 알고리즘을 잘 이용한 세무사의 결실인가? 무엇이 됐든 강호의 도리는 땅에 떨어졌다.

'상도덕도 모르나! 얼마나 더 잘살려고 남의 집 안방까지

제집 드나들듯 하는 거야?'

답답한 마음을 뒤로하고 슬그머니 포스팅 제목을 바꿔본다. ○○구 세무사, □□구 세무사, △△구 세무사….

술술이 마음

기대와 설렘으로 시작한 블로그였지만, 정성껏 글을 써도 홍보성 블로그에 밀리기 일쑤였습니다. 시간이 지나도 달라지는 것이 없어 '이게 무슨 도움이 될까' 싶은 순간도 많았지요. 결국 시간 낭비 같아 포스팅을 잠시 멈춘 적도 있습니다. 그러다 문득, 쌓여 있는 전단지를 보면서 '그래도 저것보다는 낫다'라는 생각에 다시 키보드를 두드렸습니다. 그렇게 올리고 또 올린 글이 이제는 1,000개를 훌쩍 넘어갑니다. 방문자 수도 하루에 몇백 명은 되고요. '블로그'는 제가 배 아파 낳은 자식으로 보시면 됩니다. 그리고 그 뒤를 잇는 둘째는 이 책이 되겠습니다.

"여기는 몇 개월
무료 기장이에요?"

세무사의 수입 구조는 크게 네 가지로 나뉜다.

1. **기장료** – 매월 발생하는 세무관리 비용으로, 요새 유행하는
   구독 서비스와 유사하다(업체 규모에 따라 다르지만 보통 8만
   원부터 시작한다). 직원 인건비 신고, 사대보험 업무, 수입·지
   출 정리 및 결산, 부가가치세 신고, 연말정산, 사업자등록, 사
   업 관련 상담 등 사업자가 필요로 하는 대부분의 세무 서비
   스를 포함한다.
2. **조정료** – 법인세 및 종합소득세를 신고할 때 연 1회 청구하는
   신고 수수료다.

3. 재산세제 – 양도소득세, 증여세, 상속세를 신고할 때 발생하는 수입이다.

4. 기타 수입 – 세무 컨설팅(이를테면 모의 세무조사), 조세 불복, 경정청구 등과 관련한 수입이다.

여기서 기장료와 조정료는 세무사와 수임 계약한 거래처가 있다면 지속적으로 발생하는 수입이다. 그중에서도 매월 발생하는 기장료는 직원 급여와 월세 등 사무실 운영비를 사실상 책임지는 가장 안정적인 수입원이다. 반면, 재산세제와 기타 수입은 건건이 발생하는 단발성 수입으로, 가끔 목돈을 쥘 기회도 있지만 지속적이지 않기에 '보너스' 정도로 여기는 게 마음 편하다. 결론적으로, 개업 세무사에게는 '기장 거래처를 늘리는 것'이 숙명이라고 할 수 있다. 술술이 세무사가 앞서 전단지를 만들어 뿌리고, 모임에 참석했던 것도 기장 거래처를 확보하기 위해서였다.

때는 1월 중순. 손이 아릴 것같이 추운 겨울이었다. 약속 장소는 대중교통을 두어 번 갈아타며 1시간 가까이 걸리는 곳. 아침 10시에 사무실을 나섰지만 술술이는 추운 줄도 몰랐다. 오랜만의 기장 상담이 기다리고 있었기 때문이다.

"어이구, 마실 게 없네?"

개업 준비가 한창인 식당이라 마실 것이 없다며 사장님은 병맥주를 꺼내 왔다. 한겨울 대낮부터 차가운 맥주는 아무래도 아니었지만, 첫 만남부터 거절로 시작하는 건 실례라는 생각에 조심스레 맥주잔을 들었다. 그렇게 벌게진 얼굴로 한 시간 가까이 이어진 상담. 나쁘지 않은 분위기였기에 곧 계약이 이뤄질 것 같았다. 그때 사장님의 한마디.

　"다른 데는 기장료가 3개월 무료라던데, 여기는 몇 개월 무료예요?"

　다른 곳은 3개월 무료라며 운을 띄운 사장님. 타 업체와의 경쟁에서 우위에 서기 위해서는 이보다 더 많은 개월 수가 필요한 순간이었다. 그러나 '무료'라는 단어를 들은 술술이의 얼굴은 굳어버렸다. 잠깐의 정적이 흐른 뒤, 다물고 있던 술술이의 입이 열렸다.

　"저희는 그렇게 하지 않습니다."

　작은 목소리였지만, 단호함이 강하게 묻어났다.

　"그래요? 다들 그렇게 한다던데, 여기는 다른 모양이네?"

　딱딱한 말투에 사장님도 당황하기는 마찬가지. 분위기 전환을 위해 바로 대화가 이어졌으면 좋으련만, 아쉽게도 술술이의 입은 쉽사리 열리지 않았다.

　"…"

"이야기 다 하신 거면 일어나실까요? 다시 연락드릴게요."

"네, 연락 기다리겠습니다."

챙겨온 새해 달력을 탁자에 올려두고 식당을 빠져나왔다.

터벅터벅.

물 건너간 기장 계약 때문일까? 질질 끌리는 발걸음에 무거운 마음이 실려 있었다. 버스정류장에서 멍하니 몇 대의 버스를 그냥 보내며 술술이는 생각에 잠겼다.

"4개월 무료로 해드리겠습니다."

그 한마디면 모든 게 좋게 마무리되었을지 모른다. 하지만 자신이 하는 일이 결코 가볍지 않다고 믿는 술술이였기에 돈보다도 가치를 지키는 선택을 한 것이다. 그러나 누군가가 그 일을 '무료'로 광고하는 현실을 맞닥뜨리니 지켜온 가치관이 흔들리는 괴로움이 밀려왔다. 사실, 돈 안 되는 자존심을 지킨 기쁨보다 내일 밥값이 더 걱정되는 술술이였다.

———————————————————— 술술이 마음

마트에 가서 "앞으로 계속 과자를 살 테니 이번에는 세 개만 공짜로 주세요"라고 말하는 사람이 있을까요? 세무도 마찬가지입니다. 당장 눈에 보이지 않을 뿐 전문자격을 바탕으로 책임을 가지고 제공하는 서비스인데 '으레 몇 개월은 무료겠거니' 생각하는 사장님 모습에 적잖이 충격을 받았습니다.

그날 "저희도 해드릴게요"라고 했다면 그분은 '세무는 당연히 몇 개월 무료구나' 여겼을 것입니다. 몇 개월 무료도 따지고 보면 웃긴 말입니다. 아예 몇 년 공짜로 해주지 말이죠. 하지만 제가 겪어본 '세무'라는 일은 '몇 개월 무료'를 기준으로 경쟁할 만큼 가벼운 것이 결코 아닙니다. 어느 때는 한 사람의 인생이 걸려 있을 만큼 무섭기도 하고, 어느 날은 주룩 눈물이 흐를 만큼 감동을 주기도 합니다. 그렇기에 차라리 입을 닫는 선택을 한 것입니다. 그 이후로도 가격을 내세워 저를 광고한 적은 한 번도 없습니다. 자본주의 사회에서 이렇게 사는 게 맞는지 항상 고민이 되긴 하지만, 그래도 저는 저답게 살아가렵니다.

대법원(2022. 8. 25. 선고 2022다217124) 판결 중

고도의 공공성과 윤리성을 강조하고 있는 세무사법의

여러 규정에 비추어 보면, 전문적인 세무지식을 활용하여 직무를 수행하는 세무사의 활동은 최대한의 효율적인 영리 추구 허용 등을 특징으로 하는 상인의 영업활동과는 본질적으로 차이가 있다.

운명의
기장 상담

먼동이 틀 무렵 저절로 떠진 눈. 늦잠을 자던 평소와 달리 새벽부터 일어나 목욕과 함께 마음을 다잡았다. 오늘은 개업 이후 가장 중요한 날, 기장 상담 손님이 처음으로 사무실을 방문하는 날이다. 원룸 사무실을 공개하기 부끄러워 한사코 직접 찾아뵙겠다고 했지만, 기어코 방문하겠다는 내담자였다. 작은 사무실에 실망하지 않도록 일찍 출근해 깨끗이 청소하고, 상담 준비도 미리 해둘 예정이다. 왁스로 머리에 힘을 잔뜩 주기보다는 자연스럽고 단정하게 만진 뒤 새벽 공기를 마시며 출근길에 나섰다.

현관문을 열자 쥐콩만 한 4.5평 사무실이 눈앞에 펼쳐졌다. 얼마 뒤 고객이 보게 될 광경. 조금이라도 넓어 보이기 위해 한동안 손대지 않았던 가구를 재배치하고, 바닥은 빗자루질 후 물걸레와 마른걸레를 번갈아 가며 구석구석 닦았다. 대통령을 초대한다 해도 이보다 더 깨끗할 수는 없을 것이다.

약속 시간 30분 전. 바로 차를 내놓기 위해 전기포트에 물을 미리 끓여놓고, 실내 슬리퍼도 가지런히 놓아 손님맞이 준비를 끝냈다. 그때 걸려온 전화.

"안녕하세요, 술술이 세무사입니다."

"안녕하세요. 오늘 11시에 상담 예약했는데요. 근처에 왔는데 사무실을 못 찾겠어요."

사무실이 주택가 안쪽 골목이다 보니 주소만 들고 찾아오기가 쉽지 않다.

"삼거리 새마을금고 보이시죠? 거기 계시면 제가 마중 나가겠습니다."

바쁜 시간을 쪼개 직접 찾아왔는데 사무실마저 찾기 어렵다면 상담을 시작하기도 전에 인상이 나빠질 수 있다. 1분 1초도 아까운 순간. 시간이 더 지체되기 전에 신속히 구두를 신고 밖으로 뛰어나갔다. 저 멀리 남자분과 여자분이 함께 있는 모습이 보였다.

'왜 내 사무실은 골목 안에 있는 거야….'

이날만큼 골목에 있는 사무실이 원망스러웠던 적도 없었다. 다소 모양이 빠졌지만 애써 태연한 척 인사를 건네며 길 안내를 시작했다. 그리고 다같이 도착한 사무실 문 앞.

'이것도 사무실이야?'

'세무사는 맞는 거야?'

별의별 걱정과 긴장 속에 문을 열었다. 반짝반짝 윤이 나는 사무실은 작지만 정갈하고 간소하지만 아늑했다. 미리 따라놓은 녹차에서는 분위기 좋게 김이 모락모락 피어올랐다.

"사무실을 이렇게도 쓰시는구나. 일할 때 집중이 잘될 것 같은데요?"

"네, 독서실 느낌으로 일하고 있습니다."

어색한 웃음과 함께 덕담이 오간 뒤 상담을 시작했다.

"그럼, 신규 사업자 관련 설명을 시작하겠습니다."

이래 봬도 7년 차 세무사로 허투루 연차를 쌓은 게 아니다. 미리 준비해 둔 깔끔한 안내자료와 전문가다운 설명, 막힘 없는 답변까지. 작다고 만만하게 보면 큰코다치는 '태즈메이니아 데빌'(호주에 사는 동물로 작지만 성격이 포악하다), 그게 바로 나다.

"더 궁금하신 건 없으시고요?"

"저희가 뭐 아는 게 있나요? 세무사님이 잘해주시겠죠. 여보, 여기 어때?"

대표님은 시원시원한 분이었다.

"나는 조금 더 알아보면 좋겠는데? 여기가 처음이잖아."

그에 반해 아내분은 신중하셨다.

'어차피 그놈이 그놈입니다. 그냥 저와 계약하시죠.'

뱉지 못한 말과 함께 침이 '꿀꺽' 넘어갔다. 잠깐의 정적이 흐르고 대표님이 물었다.

"개업은 언제 하셨어요?"

"개업은 작년에 했고, 그전에는 세무법인에서 5년간 근무 세무사로 있었습니다."

개업 경력이 짧다 보니 묻지 않아도 1+1로 나오는 근무 세무사 경력.

"저도 회사 다니다가 독립하는 거라 젊은 분과 같이 성장하고 싶거든요."

'지당하신 말씀이십니다.'

"여보, 나는 여기서 계약하고 싶은데? 세무사님도 젊고 나처럼 처음이잖아."

"그래도 몇 군데는 더 알아보자."

그렇게 천당과 지옥을 오르내리길 몇 차례.

"여보."

부부 사이에서 남편이 아내를 이기기는 쉽지 않다. 하지만 대표님의 나지막하면서도 단호한 한마디에 아내분은 고개를 끄덕였다.

"그럼, 계약서 좀 보여주세요."

술술이 마음

원룸 사무실은 혼자 일하기에는 아늑하고 조용했지만, 비즈니스 목적으로 누군가를 초대하기에는 다소 볼품없는 공간이었습니다. 그래서 그간 내방 요청이 있을 때는 대부분 거절하고, 제가 직접 찾아가 상담하곤 했죠. 그런데 이번 대표님은 사무실을 꼭 한번 방문하고 싶어 했습니다. 아마 첫 사업이기도 하고, 제 목소리가 조금 앳되었던 탓에 반신반의한 마음이 있었던 것 같습니다.

그 무렵 저는 작은 사무실 규모 탓에 여러 번 무시를 당하고, 좀처럼 계약이 성사되지 않아 풀이 많이 죽은 상태였습니다. 그래서 아침부터 열심히 준비하긴 했지만, 솔직히 계약이 이뤄지리라고는 기대하지 않았습니다. 설상가상으로 아내분 역시 남편의 첫 사업인 만큼 경험 많은 세무사와 함께하길 바라셨고요. '내조의 여왕'이라

44

는 표현이 전혀 어색하지 않을 만큼 참으로 현명한 판단이었죠.

그럼에도 대표님은 아내분의 반대를 무릅쓰며 흔쾌히 계약서에 사인해 주셨습니다. 그리고 그 사인은 제게 '단순한 기장 계약'이 아니었습니다. '나도 해낼 수 있다'라는 커다란 용기를 준 순간이었습니다. 대표님과 지금까지 함께해오며 돌아보면 제가 부족했던 순간도 있었고, 대표님께 큰 어려움이 닥쳤던 시절도 있었습니다. 하지만 그 모든 시간, 서로 의지하고 이겨내며 지금까지 함께 해온 걸 생각하면, 정말이지 하늘이 맺어준 인연이 아니었나 싶습니다.

또 미수네…

모든 일이 그렇듯 기장 계약을 했다고 만사가 해결되는 건 아니다. 이제부터 전문가다운 일 처리를 보여야 하고, 그에 따른 대가도 응당 받아야 한다. 그러나 현실은 생각만큼 녹록지 않다. 전문가다운 일 처리는 세법 조문만 들여다보는 것에서 끝나지 않는다. 거래처의 의중을 살피는 것부터 시작해 세무서 공무원과의 조율까지 아우르며, 때로는 물 흐르듯 부드럽게, 때로는 떨어지는 번갯불처럼 속전속결로 상황에 맞춘 유연한 대응이 필요하다. 하지만 아무리 일을 잘 처리했더라도 결국 돈을 받아야 비로소 일이 끝난다. 그리고 이 과정에서 가장 자주 마주하게 되는 문제가 바로 기장료 미수다(거래처 통장의 잔액 부족으로 기장료가 출금되지 않는 상황).

기장료는 적게는 몇만 원에서 많게는 몇십만 원으로 큰돈이라고 하기는 어렵다. 그런데도 출금되지 않는다는 건 십중팔구 업체의 사정이 좋지 않아서일 것이다. 특히 이런 업체들은 돌아오는 출금일마다 잔액이 부족하기 일쑤다.

"아, 또 미수네…."

벌써 3개월째 미수인 거래처. 이 업체는 인터넷 상거래를 주업으로 하고 있다. 워낙 경쟁이 치열한 업종이다 보니 광고비에 무리한 지출을 하고 있지만 매출이 늘지 않아 많은 어려움을 겪고 있었다. 고객과 여러 해 동안 연을 이어오다 보면 세무사와 고객은 갑을 관계라기보다는 사업의 동반자처럼 느껴진다. 그런 상황에서 힘든 줄 알면서도 굳이 연락해 돈을 달라고 재촉하는 것은 정이 없어 보이기도 하고, 너무 계산적으로 보이기도 한다. 그렇다고 마냥 모른 채 지내다가 미수금이 점점 쌓여 부담스러운 금액이 된다면?

"밀린 기장료가 이렇게나 많다고요? 미리 말씀 좀 하시지."

"한 번에 드리기가 부담스럽네요. 좀 깎아주실 수 있나요?"

배려심에 한 행동이 오히려 서로 간의 믿음을 깨뜨리는 결과를 만들 수도 있다. 기장료 미수를 확인한 뒤에는 그간 미뤄둔 책상 정리를 하거나, 뉴스 기사를 훑는 등 괜히 딴짓을 하며 평정심을 유지하려 노력한다. 그러나 아무리 애를 써도 머릿속에서 벌어지는 전쟁을 막을 수는 없다.

'지금 내 코가 석 자야. 누가 누굴 걱정해?'

'몇만 원 가지고 치사하게 그러지 말자. 어련히 주시겠지.'

매월 끊임없이 반복되는 이 싸움이 끝나고 나면 언제나처럼 똑같이 키보드를 두드린다.

"안녕하세요, 대표님. ○월 기장료가 잔액 부족으로 이체되지 않았습니다. 확인 부탁드립니다."

술술이 마음

여러 가지를 다 떠나, 돈 얘기를 꺼내는 것은 정말이지 괴로운 일입니다. 하지만 아무리 속으로 끙끙 앓아본들 누가 알아줄까요? 혼자 청승만 떨다 시간만 낭비할 뿐이죠. 그리고 그 여파는 저 혼자에게만 미치고 끝나는 것이 아닙니다. 함께 울고 웃으며 열심히 고생한 직원들의 가치 또한 같이 폄하되는 것이죠. 이럴 때는 대표이자 리더로서 모범을 보이기 위해서라도 신속하고 명확하게 결정을 내려야 합니다.

글에서처럼 저도 처음에는 기장료 미수 이야기를 꺼내

기가 정말 힘들었습니다. 심지어 며칠 동안 고민한 적도 있었고요. 하지만 오랜 시간 학습이 되다 보니 지금은 미수 청구에 있어 거의 'AI'가 되었다고 보시면 됩니다.

상속세 신고 경험은
없지만

따르릉!

조용한 사무실을 깨우는 힘찬 전화벨 소리.

"안녕하세요, 술술이 세무사입니다!"

"안녕하세요. 혹시 상속세 신고도 진행하시나요?"

개업 후 처음 받은 상속세 관련 문의였다.

"네, 하고 있습니다."

"어머니가 돌아가신 지는 10개월 정도 지났어요."

"상속세 신고는 돌아가시고 6개월 이내에 해야 하는데 기한을 놓치셨네요?"

상속세 신고는 상속일이 속하는 달의 말일부터 6개월 이내에 관할 세무서장에게 신고해야 한다(상속세 및 증여세법 제 67조 제1항).

"그 사실을 모르고 있다가 TV를 보고 알게 되었어요. 신고해야 한다고 해서 급하게 연락했습니다."

"아버님은 건강하신가요?"

"아버지는 오래전에 돌아가셨습니다."

"이런 경우 상속재산이 5억 원이 안 되면 상속세가 없어서 신고하지 않아도 큰 문제는 없습니다."

상속일 현재 배우자가 살아 있다면 최소 10억 원, 아니라면 5억 원까지 상속재산에서 공제할 수 있기에 해당 금액에 미달할 경우 납부할 상속세는 없다(상속세 및 증여세법 제19조 및 제21조).

"어머니가 재산은 없는데 보험금이 6억 원 정도 있어서 5억 원은 넘습니다."

"아이고, 그러면 빨리 신고해야 가산세가 줄어듭니다."

신고기한이 경과하더라도 아래의 기한 내 신고하면 무신고 가산세가 감면된다.

국세기본법 제48조 제2항 제2호

－1개월 내 50% 감면

- 1~3개월 내 30% 감면

- 3~6개월 내 20% 감면

"방문할 때 어떤 서류를 가져가야 할까요?"

"필요한 서류가 많으니 일단 편하게 오셔서 내용을 먼저 정리해야 할 것 같습니다."

"오늘 방문해도 될까요?"

"오늘은 일정이 있고요. 모레 수요일 2시 어떠세요?"

"좋습니다."

"그럼, 그날 뵙겠습니다."

이틀 후로 약속을 잡고 수화기를 내려놓았다. '쿵쾅쿵쾅' 요동치는 심장 소리가 사무실을 채웠다. 거짓말을 한 사람처럼 입술이 바짝 말라왔다. 마치 전문가인 양 태연하게 안내했지만 사실 나는 상속세 신고를 해본 적이 없다. "제가 상속세 신고 경험이 없는데 괜찮으시겠어요?"라고 말했다면 인간으로서는 한 단계 성장할 수 있었겠지만… 당장 입에 풀칠하기도 어려운 마당에 차마 그 말을 입 밖으로 꺼낼 수는 없었다. 그리고 무엇보다 이런 기회를 놓치면 앞으로 언제 상속세 신고를 해보겠는가?

나 역시 국가에서 정한 세법 전문가인 '세무사'다. 상속세 신고를 해보지 않은 것뿐이지 모르는 것은 아니다. 주어진 시간은 48시간. 지체 없이 개업 때 선물받은《상속세·증여세 실무편람》을 펼쳤다. 이제 상속세 전문 세무사로 다시 태어날 시간이다.

———————————————————— 술술이 마음

세무법인 근무 시절, 저는 기장팀(사업자 법인세, 소득세 담당)에 있었습니다. 상속세는 재산팀에서 담당하다 보니 안타깝게도 상속세 신고를 경험할 기회가 없었지요. 개업하고서도 상속세 자체가 '누군가의 사망+상속재산 5(10)억 원 초과'라는 두 요건을 모두 충족해야 하고, 고객들은 아무래도 이름 있는 세무사를 선호하다 보니 저에게까지 기회가 오지 않았습니다. 그런 와중에 상속세 의뢰 전화는 상속세를 제대로 공부할 수 있는 천금 같은 기회였습니다. 그 기회를 놓치고 싶지 않아서 상속세 신고 경험이 없다고 차마 말할 수 없었습니다.

그 후 이틀 동안 상속세 전문 세무사가 되겠다는 각오로 밤낮없이 공부했고요. 의뢰인의 내방 당일에는 긴장한 탓에 조금 버벅거리기도 했지만, 무사히 상담을 마칠 수 있었습니다. 최선을 다하는 모습이 전해진 것이었을까요? 의뢰인은 선뜻 저에게 신고를 맡겨주셨고, 마침내 인생 첫 상속세 신고를 해낼 수 있었습니다. 비록 작은 한 건이었지만 제게는 상속세의 첫걸음을 내딛게 해준, 평생 잊지 못할 순간이었습니다.

1,000만 원짜리
전화 한 통

며칠 전, 한 모자가 양도세 신고를 위해 사무실을 방문했다.

- 공동명의 주택
- 보유 및 거주기간 6년 이상
- 양도가액 6억 2,000만 원
- 다른 보유 주택 없음

정리해 보니, 1세대 1주택 비과세 요건을 충족해 납부할 세금이 없는 상황. 세무사에게 신고를 의뢰하면 괜한 수수료만 발생하니 직접 신고하시라고 권했는데도, 전문가를 통해 신고하는 것이 마음이 편하다며 자료를 맡기고 가셨다.

양도일 현재 주택 한 채만 보유하고 있고, 그 보유기간이 2년 이상(취득 시 조정 지역인 경우는 거주기간 2년 추가)+양도가액이 12억 원 이하면 양도소득세를 과세하지 않는다(소득세법 시행령 제154조 제1항). 간단한 신고지만, 비과세와 과세는 하늘과 땅 차이가 나기에 한 번 더 확인해 볼 필요가 있었다.

"안녕하세요, 술술이 세무사입니다. 양도세 신고 전에 확인차 연락드렸습니다. 양도일 현재 1세대 1주택이 맞으신 거죠? 다른 부동산은 없을까요?"

"집은 없는데, 어머니 명의의 오피스텔이 한 채 있습니다."

오피스텔? 양도세 신고를 의뢰할 때 주택 보유 여부만 묻다 보면 오피스텔을 주택으로 생각하지 않아 보유 여부를 말해주지 않는 경우가 제법 있다. 하지만 주택의 판단은 공부상의 용도와 관계없이 실제 주거에 사용되는지가 핵심이다. 그리고 오피스텔은 주거로 쓰이는 경우가 제법 많다.

'주택'이란 허가 여부나 공부公簿상의 용도 구분과 관계없이 세대의 구성원이 독립된 주거생활을 할 수 있는 구조를 갖춰 사실상 주거용으로 사용하는 건물을 말한다. 이 경우 그 용도가 분명하지 않으면 공부상의 용도에 따른다(소득세법 제88조 제7호).

주거란 장기간 생활이 가능하다는 의미로 '폐가'는 공부상 주택이지만 주거할 수 없는 곳이기에 주택으로 보지 않고, 무허가주택은 공부상 등록되어 있지 않지만 주거가 가능하기에 주택으로 본다. 만약 오피스텔이 주택에 해당한다면 의뢰인은 2주택자가 되어 양도세가 나올 수 있는 심각한 상황이었다. 이를 피하기 위해서는 오피스텔이 거주용이 아닌 업무용으로 사용되었어야 했다(사업용 오피스텔이라면 상가에 해당해 당연히 주택 수에 포함되지 않는다). 의뢰인에게 "다음 내용 중 해당하는 부분이 있는지 확인 부탁드립니다"라고 메시지를 보냈다.

- 오피스텔 임대업 사업자등록
- 월세 관련 매출세금계산서 발행
- 임차인의 전입신고 및 사업자등록 여부

의뢰인의 회신을 기다리며 2주택인 상황을 가정해 양도세를 계산해 봤다.

- 양도가액: 6억 2,000만 원
- 취득가액: 2억 4,400만 원
- 양도차익: 3억 7,600만 원

‒ 보유기간: 6년으로 계산

‒ 적용세율: 38%

지방소득세를 포함해 납부할 세금은 인당 4,600만 원으로 합이 9,200만 원. 오피스텔 한 채 때문에 납부해야 하기에는 너무나 큰 금액이었다. 양도세를 비과세로 신고했다가 혹시라도 세무서에서 확인한 결과 2주택에 해당한다면, 원래 납부해야 할 9,200만 원은 물론이고 추가로 부담해야 할 가산세만 최소 1,000만 원 이상 계산되었다.

세무 일은 문제가 발생했을 때 그 책임 소재가 모호한 경우가 많다. 이번 사례가 그런 상황인데, 세무사가 의뢰인의 말만 곧이곧대로 믿고 별도의 판단 없이 비과세로 신고했다면, 전문가의 책임을 다했다고 말하기 어렵다. 마찬가지로 모든 사실관계를 투명하게 알리지 않은 납세자 역시 마냥 선의의 피해자라고 주장할 수 없을 것이다.

'아무것도 몰라서 세무사에게 맡긴 건데, 처음부터 잘 확인해서 1세대 2주택으로 신고했으면 가산세는 부과되지 않았을 것 아닙니까? 가산세 1,000만 원은 세무사가 책임지세요!'

돈 앞에 장사 없다는 말처럼 납부할 세금을 조금이라도 깎고 싶은 마음에 누구라도 이런 생각이 들 수 있다. 이번 양도

건의 신고 수수료는 10만 원 정도. 선의로 신고를 대리했다가 최악의 경우 그 100배 이상 되는 가산세를 물어줄 수 있는 위험한 건이었다. 꿀꺽. 마른침을 삼키며 놀란 가슴을 쓸어내렸다. 이윽고 울리는 전화벨 소리.

"어머니와 임차인 둘 다 사업자등록을 한 적은 없고요. 근처 부동산에 알아보니 오피스텔을 무시하고 양도세를 비과세로 신고했다가 세금 추징이 나온 일이 있었다고 하네요."

"그러면 해당 오피스텔은 주거로 사용하는 걸까요?"

"그렇습니다."

"오피스텔을 주택 수에 포함하면 1세대 2주택이어서 비과세는 적용받을 수 없고, 이 경우 예상 세금은 두 분 합쳐 9,000만 원 이상입니다."

"9,000만 원이요?"

"애초 예상하셨던 것과 금액 차이가 너무 크니 어머니와 다시 상의하셔서 신고 여부를 알려주시면 좋을 것 같습니다."

"네…. 상의하고 연락드리겠습니다."

만약 오피스텔 보유 여부를 확인하지 않았다면 상상조차 하기 싫은 일이 벌어졌을 것이다. 가벼운 마음으로 건 전화 한 통이 내 목숨을 살린 셈이다. 1,000만 원을 번 것과 마찬가지. 오늘 저녁은 치맥이다!

요즘 들어 "주택 양도세를 비과세로 신고해달라"라는 요청을 제법 받습니다. 수수료도 아낄 겸 직접 진행하시라고 안내하면 "세무사 이름으로 신고해야 아무래도 세무서에서 잘 넘어갈 것 같다"라며 너무 쉽게 말씀하시더군요. 하지만 이 사례처럼 가산세 1,000만 원 이상은 우습게 날아올 수 있는 신고가 바로 양도세 신고입니다. 그럼에도 10만 원 이상 수수료를 말하면 세금도 없는데 왜 이리 비싸냐며 볼멘소리를 듣기 십상이고요.

세금에 대해 조금 아는 분들은 "오피스텔이 있긴 하지만 임대차계약 시 특약사항에 '전입신고는 불가능합니다'라는 내용을 넣었다며 주택이 아니다"라는 이야기를 합니다. 하지만 강한 부정은 긍정이라고 하지요? 이 역시 역으로 생각하면 '주거용이라는 걸 얼마나 들키기 싫었으면 저런 내용까지 넣었을까' 하는 의심을 부릅니다.

사실 오피스텔은 전입신고가 중요한 것이 아닙니다. 국세청에서는 주거 여부를 확인하기 위해 담당 세무공무원을 현장으로 파견, 임차인을 면담하고 관리비 내역,

수도 사용량 등을 면밀히 조사하고 있습니다. 까딱 잘못하면 바로 세금 추징이 나오기 마련이죠. 그런데도 많은 분이 그 무게를 모른 채 너무 쉽게 잔금을 치르고, 비과세 신고를 의뢰합니다.

저는 양도소득세 중에서 가장 어려운 것이 1세대 1주택 비과세라고 확신합니다. 그러니 절대 상담료 아까워하지 마시고 계약서 쓰기 전에 반드시 세무 상담 받으시길 바랍니다!

"세금 줄여줄 수 있어요?"

"아니, 세무사님. 세금이 왜 이렇게 많이 나오는 거예요?"

며칠 전 안내한 부가세 금액에 놀랐는지 거래처 대표님의 볼멘소리가 수화기에 쏟아졌다.

"여기저기 좀 알아보니 나처럼 세금 내는 데가 없던데요?"

"잠시만요. 자료 좀 확인해 보겠습니다."

– 매출공급가액 7억 원→매출세액 7,000만 원

– 매입공급가액 4억 원→매입세액 4,000만 원

– 납부할 부가세액 7,000만 원-4,000만 원=3,000만 원

해당 업체는 법인으로 매출과 매입 모두 전자세금계산서로 발행되기에 매출이 과다하거나 매입이 과소하지 않은 이상 큰 문제는 없어 보였다.

"알려드린 매출·매입에 이상은 없을까요?"

"매출·매입은 맞는데, 다른 데는 우리랑 매출이 비슷한데 세금이 두세 배 차이가 나더라고."

업체마다 규모나 처한 상황이 다르기 때문에 단순히 세금을 더 낸다고 해서 잘못된 상황이라고 단정할 수는 없다.

"다른 업체와 세금 차이가 왜 나는지는 모르겠지만, 대표님도 아시다시피 부가세를 줄이려면 방법이 두 가지 있습니다. 하나는 매출을 줄이는 것이고, 다른 하나는 비용을 늘리는 것인데, 매출은 줄일 수도 없고 줄여서도 안 되는 것이지요."

"그렇죠."

"그러면 비용을 늘려야 하는데, 지출해야 할 필요가 있다면 모를까, 세금을 줄이자고 안 써도 될 돈을 쓰면 배보다 배꼽이 더 큰 모양새가 되고요."

"그것도 맞죠."

"혹시 아직 못 받은 세금계산서가 있을까요?"

"두어 군데 있긴 한데, 내가 돈을 안 줘서…."

돈을 받지 않으면 사업자는 영원히 세금계산서를 발행하

지 않아도 될까? 세금계산서는 사업자가 재화 또는 용역의 공급 시기에 발급해야 하는 것이 원칙으로 이는 대금의 수령 여부와 무관하다(부가가치세법 제34조 제1항). 곧 물건을 보내거나 일이 끝나면 무조건 세금계산서를 발행해야 한다는 말이다. 그러나 실제로 많은 영세사업자가 대금 수령일을 기준으로 세금계산서를 발행하고 있다.

'세법 위반 아니야?'라고 생각할 수 있겠지만, 건설업 같은 경우는 일이 끝나고 돈을 떼이는 일이 비일비재하다 보니 세금계산서부터 발행했다가 돈은 돈대로 못 받고, 세금은 세금대로 납부해야 하는 최악의 상황이 종종 발생한다. 이에 가급적 돈을 받기 전까지 세금계산서 발행을 미루는 것이다.

"그래서 다른 업체와 차이가 있었나 보네요."

"그건 금액이 얼마 안 돼요. 아무튼 세무사님, 혹시 그런 건 안 돼요? 주변 이야기를 들어보니 어디서는 세금계산서가 필요하면 더 끊어준다고 하던데…."

"실제 거래 없이 세금계산서만 돈을 주고 사 오는 것 말씀인가요?"

"맞아, 그거요."

필시 '자료상'을 이야기하는 것이다.

"그런 거 하시면 큰일 납니다."

"왜요?"

예를 들어보자. 납부해야 할 부가가치세가 3,000만 원일 때 1,000만 원의 세금을 줄이고 싶으면 이때 필요한 매입세금 계산서 금액은 1억 1,000만 원(부가세 포함)이다. 만약 '자료상'에 이 세금계산서를 단돈 300만 원에 사왔다면(일반적으로 공급가액의 3~5% 정도) 어떻게 될까?

- 부가가치세 측면: 줄어든 부가세가 1,000만 원이니 지출한 300만 원 대비 최소 2배 이상 이익
- 법인세 측면: 1억 원을 필요경비로 처리할 때 줄어드는 법인세는 1,000~2,000만 원

300만 원을 지출해서 최대 9배가량 이익을 볼 수 있는 장사인 셈이다. 여기서 '자료상'은 실물 거래 없이 세금계산서만 팔고 다니는 업체를 말한다. 자료상은 이렇게 업체 수백 곳에 세금계산서를 무차별적으로 팔아버리고는 현금을 두둑이 챙겨 잠적해 버린다(실제로는 더 교묘하다). 이대로 끝나면 좋으련만 당연히 국세청은 해당 사업자가 정상적인 사업자인지 의심스럽기에 이를 조사하게 되고, 얼마 가지 않아 해당 업체가 자료상이며 모든 거래가 허위라는 것을 확인하게 된다. 종

국에는 자료상과 거래한 업체까지 세무조사가 확대되는데, 이 때는 탈루 세금만 추징되는 것이 아니라 조세범으로 처벌받을 수도 있다. 자료상과의 거래 금액에 따라 사업의 존폐가 결정될 수 있는 것이다.

조세범 처벌법 제3조 제1항

사기나 그 밖의 부정한 행위로써 조세를 포탈하거나 조세의 환급·공제를 받은 자는 2년(3년) 이하의 징역 또는 포탈세액, 환급·공제받은 세액(이하 "포탈세액 등"이라 한다)의 2배(3배) 이하에 상당하는 벌금에 처한다.

조세범 처벌법 제10조 제3항

재화 또는 용역을 공급하지 아니하거나 공급받지 아니하고 세금계산서를 발급하거나 발급받은 행위를 한 자는 3년 이하의 징역 또는 공급가액에 부가가치세의 세율을 적용하여 계산한 세액의 3배 이하에 상당하는 벌금에 처한다.

"대표님, 이렇게 세금 몇 푼 줄이려다가 자칫 패가망신하는 수가 있습니다."

일장 연설이 끝나자 잠시 말문이 막혀 있던 대표님이 입을 열었다.

"그렇게 겁만 주지 말고요. 세금 줄이는 방법 좀 없어요? 다른 세무사는 잘만 줄여준다던데?"

———————————————————— 술술이 마음

세금도 못 줄여주는 무능한 세무사라고 생각했을까요? 얼마 뒤 그 업체는 다른 세무대리인으로 옮겨 갔습니다. 세무대리인에게는 세무 비용을 지불하는 거래처가 '갑' 입니다. 그런 '갑' 중에는 정직하게 세금 내는 것을 어리 석다고 생각하는 사람도, '을'에게 무리하게 세금을 줄여 달라고 요구하는 사람도 있었습니다. 세무사 자격증을 딴 이후 줄곧 '을'로 살아온 저 역시 고민의 순간이 많았 습니다. 무리한 요구라도 들어주며 거래처를 확보해야 할지, 통장 잔고를 포기하더라도 성실한 납세의 길로 안 내해야 할지 말이죠. 하지만 '자료상'과의 거래를 방관하 는 것은 범죄의 공범이 되는 것과 같기에 세무사로서 절 대 용납할 수 없었습니다.

세무 일을 하다 보면 전화로 다짜고짜 "세금을 얼마나 줄여줄 수 있나요?"라는 문의를 받곤 합니다. 또 세금액수를 맞춰주겠다며 거래처를 빼앗아 가는 세무대리인을 접하기도 하고요. 저 역시 돈만 좋았다면 이런 일 저런 일 가리지 않고 다 받아 처리했을 겁니다. 하지만 '우리가 돈이 없지, 가오가 없냐?'라는 말처럼, 돈은 덜 벌어도 부끄럽게 살고 싶지는 않습니다.

헤어질
결심

간판 없는 원룸 사무실에서 지낸 지 어느덧 2년. 전세 계약 만료일이 다가오면서 머릿속이 복잡해졌다. 원룸에서 개업한 것은 고정비를 아끼면서 안전하게 경험을 쌓기 위해서였다. 처음에는 일거리가 없어 손가락을 빨았지만 '전단지 돌리기'를 시작으로 마음을 고쳐먹은 뒤로는 거북이걸음이지만 하나둘 거래처가 늘어갔다. 애초 기대했던 목적을 모두 이룬 지금, 이제는 간판을 달고 월세를 내는 사무실로 이사하는 것이 순서였다. 그러나 계산기를 두드려 보니 현실은 냉혹했다.

– 기본 월세 100~150만 원

- 직원 1명 채용 시 인건비 및 사대보험과 기타 경비
- 공간을 채울 가구부터 에어컨, 파티션에 이르기까지 각종 비품 구입비
- 건물 컨디션에 따른 인테리어 공사비

간단히 월세, 인건비, 사대보험료만 놓고 계산해도 월 순이익이 마이너스였다. 앞으로는 돌려받는 전세보증금으로 생활해야 한다는 말이다. 타임머신을 탄 것처럼 개업 당시로 돌아간 상황, 아니 그보다 더 좋지 않은 상황이 예상됐다. 숫자만 놓고 보면 지금의 원룸 생활을 벗어나는 것은 있을 수 없었다.

'그냥 몇 년 더 있어?'

원룸 사무실은 화장실에 습기가 많이 차는 것 말고는 조용하고, 깔끔하고, 월세가 안 나가는 등 장점투성이었기에 나갈 이유를 찾는 게 더 어려웠다. 이사 후 직원을 두지 않는 것도 생각해 봤지만, 그러면 더더욱 이사할 이유가 없었다. 솔직한 심정은 번듯한 사무실에서 직원과 같이 일하는 것이었지만, 차가운 머리는 끊임없이 속삭였다. '조금만 더, 조금만 더 버티자.' 계약 만료일이 다가올수록 선택은 점점 더 어려워졌다.

그러던 어느 날, 미국에 사는 친구가 오랜만에 한국으로

놀러 왔다. 친구는 미국에서 사업을 계획 중이었는데, 생각이나 행동이 확실히 나와는 달랐다. 큰 스케일과 과감한 태도에 연신 감탄하며 이런저런 이야기를 듣다 보니, 자연스럽게 내 사정을 털어놓게 되었다. 내 말을 다 들은 친구는 조심스레 입을 열었다.

"술술아, 나도 어디서 들은 이야기인데, 회사는 대표의 그릇으로 정해진대."

친구의 한마디는 내 머릿속에서 태풍이 되어 휘몰아쳤다.

'내 그릇이 작은 게 아니야. 먹고사는 문제가 걸려 있어서 그런 거라고.'

'이사했다가 망하면 네가 책임질 것도 아니잖아.'

'내 그릇이 작다는 거야? 뭐야?'

현실을 부정하고 싶은 마음에 갖가지 핑곗거리가 떠올랐지만, 그 아래 깊은 곳에는 웅크리고 있는 단 하나의 진실이 있었다. 단돈 몇백만 원 때문에 며칠 동안 잠을 설치며 고민하던 모습이 바로 내 그릇이었다.

'고맙다, 친구야. 네 한마디가 큰 도움이 됐어.'

원룸에서 보낸 2년. 초원으로 나서던 늑대는 어디 가고, 두려움에 떨고 있는 양 한 마리만 남아 있었다. 안락하게 살고 싶었으면 애초에 직장을 나오지 말았어야 했다. 돈을 벌고 싶었으면 세무사를 그만두고 사업을 해야 했다. 퇴사를 결심한 순간부터 내가 가야 할 길은 이미 정해져 있었던 것이다. 만선으로 돌아올지, 폭풍우에 난파될지는 누구도 알 수 없다. 하지만 더이상 주저함은 없다. 이제 나는 바다로 나아간다.

술술이 마음

마음이 정해진 이상 거칠 것이 없었습니다. 곧장 공인중개사를 통해 사무실을 알아봤고요. 바로 그날 오후, 역세권 사거리에 위치한 사무실을 보러 갔습니다. 1968년에 지어진 3층짜리 건물로 여러 호실 중 옥상 바로 밑 3층에 있는 사무실이었죠. 엘리베이터가 없는 것은 당연했고, 내부 상태는 종전 임차인이 방치한 탓인지 눈 뜨고는 못 볼 정도였습니다. 하지만 그 모든 단점을 무색하게 할 만큼 위치가 좋았습니다. 원룸 사무실과도 5분 거리로 가까웠고요. 딱 제 구역이었죠.

저는 중요한 선택의 순간에 직감을 믿는 편인데, 허름한 외관에 놀라긴 했지만 그래도 느낌이 좋아 주저하지 않고 그날 바로 계약했습니다. 그러고 보면 원룸 사무실도 처음 본 날 계약했네요. 그러나 이런 것이 늑대의 삶

이려나요? 이후로도 순탄치는 않았습니다. 오래된 건물이다 보니 이사하며 새로 한 벽지 한가득 곰팡이가 피는 것은 물론, 한바탕 많은 비가 내리는 날이면 물이 새지 않는 곳을 찾기 어려웠습니다. 특히 탕비실은 천장 석고 보드가 물을 먹다 못해 바닥으로 떨어지는 바람에 큰 사고가 날 뻔도 했죠. 종전 임차인이 왜 관리를 안 했는지 알 것 같았습니다. 제 사정에 임대인이 나름 방수를 한다고 하기는 했는데, 워낙 오래된 건물이라 그런지 쉽게 새는 곳을 잡을 수 없었습니다.

그런 일들을 겪었지만 오늘에 이르도록 아직 이곳을 떠나지 못하고 있습니다. 귀신처럼 한恨이 남아서는 아닙니다. 처음 봤을 때의 직감 그대로 단점보다 장점이 훨씬 더 많은 곳이기 때문입니다. 무엇보다 오랜 시간 제 손이 닿지 않은 곳이 없어 이제는 증憎보다 애愛가 더 진하게 배어 있는 곳이 되었답니다.

세법이
만만해?

　비거주자(외국인) 양도세 신고와 관련해 손님이 사무실을 찾았다. 영어는 서툴지만 비거주자 양도세 의뢰인의 대부분은 외국 국적을 취득한 한국인이라 의사소통에 큰 어려움은 없다. 이런 업무는 자주 들어오는 일이 아니기에 공부가 되겠다는 생각에 기꺼이 신고를 맡았다. 비거주자의 양도는 크게 두 가지가 중요하다.

1. 등기이전을 위한 매도용 인감증명서 발급(인감 경유를 한 재외국민은 제외)
2. 양도 대금의 해외 송금을 위한 부동산 매각자금 확인서 발급

이는 외국인의 국세 체납 및 무분별한 외화 유출을 방지하기 위한 제도다. 의뢰인이 가져온 자료를 꼼꼼히 체크하고 있던 중이었다.

"세무사님, 상속으로 취득했는데 취득시기가 오래되어서요. 이런 경우 취득가액이 얼마나 될까요?"

"상속은 상속가액이 분명하기에 따로 평가하신 내용이 없다면 당시 기준시가가 취득가액입니다."

"그래요? 환산가액으로 적용은 안 되나요?"

"상속 취득의 경우에는 환산가액을 적용할 수 없습니다."

환산가액(소득세법 시행령 제176조의2 제2항 제2호)

양도 자산의 취득가액이 불분명한 경우 취득가액은 아래와 같이 환산가액으로 계산할 수 있다.

(양도가액÷양도시 기준시가)×취득시 기준시가

환산가액은 분실, 도난 등 여러 사유로 취득 시 실거래가액을 확인할 수 없는 경우, 이로 인한 세금 부담을 방지하기 위해 기준시가를 기준으로 취득가액을 계산하는 것을 말한다. 그러나 상속·증여를 원인으로 취득한 경우는 취득 시 실거래가가 기준시가 등으로 명백히 존재하기에 환산가액을 적용할 수 없는 것이다. 의뢰인과는 이번 달 내로 양도세 신고를 마무리하기로 약속하고 상담을 마쳤다. 양도세 수수료를 받을 생각으로 기분이 좋은 하루, 점심으로 웨이팅이 잦은 동네 파스타집을 찾았다.

'이런 날은 파스타 한 그릇 말아야지!'

맨날 백반 정식만 먹다가 오랜만에 맛본 파스타는 확실히 목으로 술술 넘어갔다. 그때 휴대전화가 울렸다. '누가 점심시간에….'

"여보세요?"

"조금 전에 양도세 의뢰한 사람입니다. 확인해 보니 상속 부동산도 환산가액 적용이 가능하다고 하네요? 다른 세무사님 블로그 글을 보내겠습니다."

전화를 끊고 메시지로 도착한 링크를 확인했다.

소득세법 시행령 제176조의2 제4항

1985년 1월 1일(의제취득일) 이전에 취득한 자산(상속·증여받은 자산을 포함)에 대하여 의제취득일 현재의 취득가액은 유사매매가액, 환산가액 중 많은 것으로 한다.

양도 물건의 취득일은 1985년 1월 1일 이전으로 의뢰인

말대로 환산가액 적용이 가능한 상황이었다. 나는 지금껏 상속·증여 자산은 취득가액이 명백하기에 환산가액을 적용할 수 없다고 믿고 있었다. 그러나 그 고정관념이 바로 지금, 산산이 조각나 버렸다.

내용 확인이 끝난 뒤에도 한참 동안 떨리는 마음에 의뢰인의 연락처를 누를 수 없었다. 밥이 코로 들어가는지 입으로 들어가는지 모를 점심을 먹고 사무실로 돌아와 그제야 의뢰인에게 전화를 걸었다.

"제가 이 부분을 제대로 알지 못했습니다. 의뢰인께 믿음을 드려야 하는데 그렇지 못해 진심으로 죄송합니다. 부끄러운 모습을 보인 이상 이번 의뢰는 이어가기 어렵겠습니다. 부디 다른 세무대리인에게 맡겨주시기를 부탁드립니다."

제대로 알지도 못하면서 떠든 꼴이었다. "네깟놈이 무슨 세무사냐?"라는 욕을 들어도 할 말이 없었다. 부끄러움이 너무나 커 쥐구멍에라도 숨고 싶은 심정. 이런 상황에서 의뢰를 맡는다는 것은 스스로 용납되지 않았다.

"일하다 보면 그러실 수도 있죠. 괜찮습니다. 맡아주시죠."

오히려 나를 위로하는 의뢰인이었지만, 내 마음속 죄책감은 더 커져만 갔다.

"그러시면 제가 정말 염치가 없는 사람이 됩니다. 부탁드립니다."

내 간곡한 부탁에 의뢰인은 조만간 사무실을 방문해 자료를 가져가겠다고 전했다. 연차가 쌓이며 이제는 제법 의젓한 세무사라 자부하던 때였다. 그러나 세법이라는 바다 앞에서 나는 여전히 한 마리 송사리에 불과했다.

──────────── 술술이 마음

세무사 초년생 시절, 연부연납 세금을 납세자에게 제때 안내하지 않았던 적이 있습니다. 당시 연부연납은 세무서에서 자동으로 고지해 주는 것으로 알아 굳이 안내할 필요를 느끼지 못했지요. 그런데 연부연납 고지서 발송은 담당 공무원 재량이어서 고지서가 미발송되었어도 그 책임은 오롯이 납세자에게 있다는 것을 알지 못했습니다(조심2019소3027, 2019.10.10.).

아니나 다를까, 누락된 고지서로 인해 고객의 세금이 미납되었고, 무려 수백만 원의 가산세가 부과되었습니다! 지푸라기라도 잡는 심정으로 고객과 함께 세무서를 찾아가 호소했지만, 담당 조사관은 눈 하나 깜빡하지 않고 되려 '세무대리인이 그런 것도 안내하지 않았느냐?'며

절 꾸짖더군요. 그날은 괴로움과 죄책감으로 밥을 먹을 수도, 잠을 잘 수도 없었습니다.

세법의 역사와 양은 너무나 방대하기에 세무사라 해서 모든 내용을 다 알 수는 없습니다. 모르면 배우고 익혀 전문가다운 모습을 갖춰나가면 되는 것이지요. 이번 에피소드는 내용을 한 번 더 확인했다면 해결할 수 있는 문제였습니다. 그러나 알고 있는 지식이 전부인 양 자신만만했던 제 태도는 오만 그 자체였죠. 당시에는 너무나 부끄러워 떠올리기조차 싫은 기억이었습니다. 하지만 지금 돌아보니 세법을 대하는 자세를 가르쳐 준 값진 경험이었네요.

아픈
손가락

점심시간이 지난 어느 오후의 카페. 술술이 앞에 앉은 한 여성이 슬프게 흐느끼고 있었다. 주위 사람들 시선이 힐끗힐끗 쏠렸지만 그녀는 울음을 멈추지 못했다. 그러고는 울먹이는 목소리로 어렵게 입을 열었다.

"세무사님, 정말 죄송합니다."

무슨 큰 잘못을 저질렀기에 그녀는 눈물을 흘리며 사과의 말을 전하는 걸까? 그녀의 정체는 이사한 사무실에서 일 년 가까이 함께한 첫 직원, 주임님이었다.

술술이 세무사 사무소의 근무 환경은 열악했다. 이사 후 인테리어부터 에어컨을 비롯한 각종 집기, 비품 구입에 돈을 쓰다 보니 재정이 어려워 냉장고도 없이 일 년을 보냈다. 회식은커녕 점심조차 조금이라도 싼 곳을 찾아다녔고, 식사 후에는 커피 한 잔 마실 여유도 없었다.

직원에게 다양한 업무를 가르쳐 주고 싶어도 일이 많지 않아 종종 1층 왕만두 집에서 파는 찐빵을 사 먹으며 이른바 찐빵 타임을 갖기도 했고, 화분 잎사귀에 내려앉은 흙먼지를 물티슈로 함께 닦으며 오후를 보낸 적도 있다. 월급도 최저 시급을 간신히 맞춰주는 정도였지만, 주임님은 늘 방긋 웃으며 불평 한마디 하지 않았다.

그리고 오늘. 주임님은 술술이에게 퇴사 의사를 전하며 감정에 북받친 듯 눈물을 흘리고 있는 것이다. 차마 글로 적을 수 없는 안타까운 개인 사정에 그저 괜찮다는 말로 위로를 전할 수밖에 없었다. 하지만 술술이의 마음도 주임님과 다르지 않았다. 술술이 역시 눈물이 나오려 했기에 고개를 들어 이를 꾹 참고 있을 뿐이었다. 지난 일 년을 돌아보면 고마운 것도, 미안한 것도 참 많은 시간이었다.

마음은 앞으로 더 성장할 회사라고, 사정이 좋아지면 언제든 돌아오라고 당당하게 외치고 싶었다. 그러나 당장 내 앞날도 알 수 없었기에 감히 입이 떨어지지 않았다. 우리는 매일 점심을 같이한 말 그대로 식구食口였다. 그 식구가 남아서 슬피 우는 것보다는 차라리 떠나는 것이 더 나았다. 어깨까지 떨며 한참을 흐느끼던 주임님은 조금 진정이 되었는지 얼굴이 한결 편해 보였다.

"다 우셨으면 일어날까요? 사람들이 오해하겠습니다."

가벼운 농담으로 분위기를 바꿔보려 한 술술이. 그러나 그 뒤에는 작은 회사라 미안한 마음만 가득할 뿐이었다.

———————————————————————— 술술이 마음

지금도 주임님을 떠올리면 잘해주지 못한 기억에 미안한 마음이 가득합니다. 마치 철없을 때 만난 첫사랑 같은 느낌이랄까요. 지금껏 함께했다면 월급도, 휴가도 넉넉히 주었을 텐데…. 이제는 모두 미련으로 남고 말았습니다. 더 안타까운 것은 퇴사 이후로 다시는 주임님을 만나지 못했다는 사실입니다. 언젠가는 꼭 한번 만나고 싶은 마음에 이렇게 글로 남깁니다. 저의 가장 아픈 손가락, 주임님 이야기였습니다.

술술이
강의하다

20명 규모의 강의실 입구에서 들어오는 사람들에게 "안녕하세요!" 인사를 건네는 술술이. 오늘은 바로 술술이 혼자 힘으로 주최한 첫 세금 강의가 열리는 날이다.

술술이는 늘 강의에 대한 동경이 있었다. 강단에 올라 스포트라이트를 받으며 멋지게 강의하는 모습, 그것이 오랜 꿈이었다. 하지만 일타강사도, 인플루언서도 아닌 무명 세무사를 누가 불러줄까. 그저 기다리고만 있다가는 한낱 꿈으로 끝나고 말 것 같았다. 그러던 어느 날, 불현듯 그의 눈빛이 반짝였다.

'자리가 없으면 내가 만들면 되잖아?'

강의를 꼭 큰 강당에서 할 필요는 없었다. 무료로 진행한 다면 사람 모으는 일도 어렵지 않을 것 같았다. 결심이 서자 언제나처럼 신속하게 움직이기 시작했다. 강의에 필요한 것은 네 가지. 강사, 장소, 강의자료 그리고 참가자였다. 강사는 이미 준비됐고, 장소는 토즈 스터디카페의 20인 규모 방이 비싸지만 자리가 넉넉해 마음에 들었다. 강의 주제는 세법. 그러나 세법은 그 종류와 양이 방대해 누구를 대상으로 할지가 관건이었다.

'아직 세무사와 계약하지 않은 창업자, 예비 창업자를 대상으로 하면 어떨까?'

멋진 강의로 마음을 사로잡아 기장 거래까지 이어지면 그야말로 일석이조였다. 그렇게 강의 제목은 "초보 창업자·예비 창업자가 꼭! 알아야 할 세금, 인건비 이야기"로 정했다. 다음은 PPT를 제작할 차례.

'PPT쯤이야 금방이지.'

자신만만하게 파워포인트를 연 술술이. 마우스와 키보드를 만지작거린 지 몇 시간이 지났을까? 그의 얼굴이 심상치 않았다. 납납함으로 인한 찌푸림과 얼이 나간 듯 멍해진 눈빛… 몇 시간 공들인 결과물은 그야말로 유치원 발표회 수준이었다. 텍스트만 가득한 지금의 PPT로는 박수가 아니라 조

롱을 받을 판이었다.

'세상에 쉬운 일이 어디 있으랴.'

그는 곧장 서점으로 달려가 얇은 파워포인트 교재를 집어 들었다. 이후 일하는 틈틈이 책을 짚어가며 PPT를 공부했고, 인터넷에 떠도는 이미지와 기존 샘플을 참고하며 조금씩 자신만의 디자인을 만들어 나갔다. 디자인 못지않게 내용도 중요했다. 아직 사업 경험이 부족한 창업자들에게 원론적인 세법 이야기만 한다면 하품이 끊이지 않을 터. 당장 와닿지 않는 소득세나 부가세 대신 소득 규모와 상관없이 누구나 겪을 수 있는 실무상 주의점과 실제 사례를 추가해 강의 내용을 구성했다. 여기에 절차 하나, 작은 수치 하나까지 꼼꼼히 검증해서 자료에 공신력을 더했다.

그렇게 꼬박 한 달을 매달린 끝에 85페이지의 '자식 같은 PPT'가 세상에 나왔다. 이제는 강의 연습 차례였다. 술술이는 스스로를 타고난 강사라고 믿으며 강의에 근거 없는 자신감을 갖고 있었다. 몇 번만 연습하면 기가 막힌 강의를 할 수 있을 거라고 생각했다. 그러나 첫 연습을 마치고 깨달았다. 그저 평범한 사람에 불과했다는 사실을…. 말투는 어버버했고, 속도는 누가 쫓아오는 것처럼 급했으며, 잦은 실수까지 모든 게 엉망이었다.

'괜히 망신만 당하는 거 아니야?'

자신만만한 모습은 온데간데없이 마주한 현실에 한숨만 깊어졌다. 하지만 이를 해결하는 방법은 오로지 연습뿐. 회사, 집, 심지어 지하철에서도 입을 중얼거리며 시간과 장소를 가리지 않고 연습을 계속했다. 거기에 2시간 분량의 강의를 녹음해서 들어보기도 여러 번. 동영상까지 촬영하며 부족한 점을 고쳐 나갔다.

마지막으로 남은 한 가지는 참가자 모집이었다. 무료 강의로 진행하다 보니 강의실 대관부터 일체의 부대비용까지 모두 자비로 감당해야 하는 상황. 여기에 돈까지 써가며 홍보하는 일은 큰 부담이었다. 그래서 찾고 또 찾다 발견한 것이 바로 '온오프믹스'. 가뭄에 단비와 같은 '무료 강의 홍보 플랫폼'이었다. 더불어 이제는 하루 방문자 수가 1,000명을 넘보는 '술술이 세무사 블로그'까지! 두 군데서 홍보 글을 올리면 금방 사람이 찰 거라 예상했다.

그러나 하늘도 무심하시지! 지금까지의 모든 노력이 무색하게 강의 열흘 전까지 신청자는 고작 세 명뿐이었다. 강의실이 부족하면 어찍하냐고 걱정도 했는데…. 큰마음 먹고 예약한 강의실에 세 사람만 띄엄띄엄 앉아 있는 모습을 떠올리면 얼굴이 발갛게 달아올랐다. 혹시나 쉬는 시간에 한두 명이 도망치기라도 하면…. 그건 상상만으로도 공포였다.

처음에는 창업자들을 대상으로 계획한 강의였지만 더 이상 물불 가릴 수 없었다. 식은땀이 배어 나오는 손으로 급히 휴대전화를 붙잡고 가족, 친구, 심지어 이미 기장 계약 중인 거래처 대표님에게까지 부끄러움을 무릅쓰고 전화와 문자를 돌리며 도움을 청했다.

그렇게 맞이한 강의 당일! 기존 신청자 세 명에 친구 한 명, 아는 동생과 그 여자친구, 거래처 대표님, 거래처 소개로 온 한 명까지 총 여덟 자리를 채울 수 있었다.

'까짓거 나라고 못 하겠어!'

호기롭게 도전한 술술이였다. 그러나 가장 기초가 되는 'PPT 만들기'부터 난관이 시작되어 강의 실수에 대한 걱정으로 악몽 꾸기를 여러 번. 사람이 도무지 모이지 않아 '그냥 접을까?' 고민도 많았다. 하지만 순수한 마음으로 신청한 세 분을 떠올리며 끝까지 포기하지 않은 덕에 무사히 강의를 마칠 수 있었다. 두 시간 동안 열정을 다한 강의가 끝난 뒤, 참가한 분들에게 감사한 마음을 표현하고자 근처 호프집에 뒤풀이 자리를 마련했다. 얼마 뒤 계산을 마치고 문을 나서는 술술이 세무사, 곧이어 그의 휴대전화에 문자 한 통이 도착했다.

'○○카드 이용 안내 170,000원 일시불'

이후 기세(?)를 몰아 그다음 달에 두 번째 강의를 진행했습니다. 그리고 그게 마지막이 되었답니다. 강의 준비에 들어가는 시간과 강의실 대관비, 뒤풀이 비용은 둘째치고, 참가자 모집이 너무나 어려웠습니다. 매번 지인 찬스까지 사용해 가며 겨우 자리를 채우다 보니 이건 '이보 전진을 위한 일보 후퇴'가 아니라 그냥 '일보 후퇴'였죠. 그럼, 무의미한 도전이었을까요? 최고의 영업 사원에게 그 비결을 물어보니 첫해에 617번 거절당했다고 하더군요. 그 횟수는 용기를 낸 사람만이 얻을 수 있는 경험이었을 것입니다.

언젠가 다시 강의를 열 기회가 오겠지요. 그때는 발전된 모습으로, 더 멋진 강의를 약속드리겠습니다!

위대한
선택

    개업 때부터 개인사업장 세 곳과 법인사업장 한 곳을 맡겨 준 대표님이 있다. 업체 수도 많고 건실해 회사 재정에 큰 보탬이 되는 우량 거래처였고, 어려울 때부터 함께해 준 것이 감사해 '언젠가 반드시 보은하리'라는 마음을 갖고 있었다. 그분은 최근 외국 법인과 공동투자를 통한 신규 법인 설립을 계획 중이었다. 쉽지 않은 일이다 보니 계획 초기부터 전문가의 도움이 필요한 부분이 많았고, 그때마다 대표님은 내게 연락을 해왔다. 외국 법인 투자 분야는 경험이 전무했지만, 그래도 세무사 아닌가? 실무 서적을 구입해 공부하고, 여기저기 물어가며 '손이 부족하면 발을 더하는 정성'으로 사업에 차질이 없도록 최선을 다했다. 하지만 누르면 나오는 자판기처럼 모든 요청을 거절 없이 승낙해서일까? 이제는 내게 신규 법인의 '은행계좌 개설'까지 요청하기에 이르렀다. 계좌 개설은 도무지 세무사의 일이라고 볼 수 없는, 그냥 심부름이었다.

사업 초기라 신경 쓰실 일이 많고 회사 직원보다는 내가 믿음이 가기에 그러겠거니, 최대한 좋은 쪽으로 생각하면서 위임장 및 인감증명서 등 서류 일체를 구비해 은행을 방문, 요청대로 법인 통장 두 개(원화 통장, 외화 통장)를 개설했다.

며칠 후 걸려온 대표님의 전화.

"안녕하세요, 대표님."

"야, 이 새끼야! 네가 무슨 세무사야!(이하 거친 욕설)"

대표님은 사무실 전체를 울리는 쩌렁쩌렁한 목소리로 쉼 없이 욕설과 폭언을 쏟아냈다.

'대체 무슨 상황이지?'

갑작스러운 상황에 기분 나쁠 틈도 없이 당황해하고 있을 때 탕비실로 대피하는 직원을 보고는 정신이 바짝 들었다.

'내가 당황하면 직원은 누가 지키니. 평정심을 유지해.'

마음을 진정시키고 상황을 파악했다. ①전화 상대는 세무사가 모든 문제의 원흉이라 생각하며 극도로 분노에 휩싸여 있다. ②대답할 틈도 없이 계속되는 폭언 속에서는 대화가 불

가능했다. 문제를 해결하기 위해서는 폭언 속에 가려진 분노의 원인이 무엇인지 알아야 했다.

사건의 발단

1. 신규 법인의 용역 관련 외화매출 발생(신규 법인의 '대표이사'는 욕설 대표의 '아들')

2. 욕설 대표→'세무사'에게 외화 입금 사실 전달

3. 세무사→부가세 신고를 위해 '아들'에게 '외국환 매입증명서'(은행 방문 필요) 및 해외 업체와의 '용역공급계약서' 요청

사건의 발생

1. '외국환 매입증명서'는 회사 관계자가 은행에 방문해 발급받을 수 있는 것으로, '아들'에게 그 일을 요청함

2. '아들'이 은행에 방문했으나 법인계좌에 외화 입금 사실이 없어 서류를 수령하지 못함

3. '욕설 대표'는 '아들'의 헛고생, 외화가 입금되지 않은 사실, 이로 인해 발생할 부가세 및 법인세 문제까지 걱정하며 이 모든 책임을 세무사의 탓으로 생각함

"대표님, 내용은 잘 이해했습니다. 먼저 은행에 확인하고

연락드리겠습니다."

"똑바로 해, 이 새끼야!"

뚜뚜.

"통화 끝났어요. 나오세요."

애써 웃음을 지으며 탕비실로 피신한 직원을 불렀다. 살면서 '새끼'라는 말을 가장 많이 들은 하루. 너덜너덜해진 멘탈이었지만 그걸 챙길 손톱만큼의 여유도 없었다. 이 상황을 당장 해결하지 못하면 제정신으로 집에 들어갈 수 없을 것 같았다. 은행 업무 시간까지 얼마 남지 않아 곧바로 사무실을 나섰다. 법인계좌를 개설한 은행을 방문해 담당자에게 외화 입금 관련 상황을 문의하니, 결과는 이랬다.

1. 해외에서 외화가 송금된 것은 사실임

2. 법인계좌에는 아직 입금되지 않은 것이 맞음

3. 법인계좌에 외화가 입금되려면 입금 사유와 관련 서류를 은행에 제출해야 함

4. 은행은 업체에 위 자료를 여러 차례 요청했지만, 현재까지 제출된 자료가 없음

5. 그 결과 외화는 은행 내부에 보관 중이고, 자료가 제출되면 입금될 예정임

이렇게 외화 송금 문제는 확인했고, 다음은 세금 부분이다. 대표님은 '외국환 매입증명서'가 발급되지 않아 부가세 신고나 법인세 신고가 어려울 것으로 짐작해 큰 문제를 상상하고 있었다. 그러나 처음부터 요청한 '용역공급계약서'로 이를 대신할 수 있다.

부가가치세법 시행령 제101조 제1항 제10호

가. 외국환은행이 발급하는 '외화입금증명서'

다만, 부득이한 사유로 해당 서류를 첨부할 수 없을 때에는 국세청장이 정하는 서류로 대신할 수 있다.

영세율적용사업자가 제출할 영세율적용 첨부서류 지정 고시 제2조 제3항

비거주자 또는 외국 법인에게 공급되는 용역 – '용역공급계약서' 또는 대금청구서

해결하지 못한 부분은 '아들'의 헛고생인데, 이는 은행에서 요청한 서류를 업체가 제때 제출하지 않은 것이 그 원인이었다. '대표'가 내게 외화가 입금되었다고 전달했기에 '아들'에게 은행 방문을 요청했던 것이니, 세무사에게 책임을 돌리

는 것은 받아들일 수 없다. 나 역시 법인계좌 개설을 위해 두 시간 가까이 은행에서 대기했는데, 자기 아들이 은행에서 좀 기다렸다고 그 난리를 치는 것이라면 '누군 귀한 집 자식 아닌가?' 하는 생각이 들었다. 사무실로 돌아와 대표님에게 전화를 걸어 자초지종을 설명했다.

"확인해 보니 이래저래서 다 해결이 가능하겠습니다."

"그래요? 알겠습니다."

뚜뚜.

15초도 안 돼 끝난 전화. 누구의 감정도 상하는 일 없이 금방 해결할 수 있는 일이었다. 통화를 마치고 나니 깊이 묻어두었던 분노, 슬픔, 부끄러움 등 갖가지 감정이 끓어올랐다. 직원을 퇴근시키고 혼자 남은 사무실에서 눈을 감고 생각했다.

'내가 알던 그분이 맞을까? 점잖은 분이셨는데….'

'새로운 사업에 너무 예민해지셨던 걸까? 아니면 이제야 그분의 민낯을 본 걸까?'

그동안 함께한 시간이 무색하게 감정에만 휩싸여 모든 잘못을 내게 돌리는 모습을 보고 나니 '나를 그냥 부리기 편한 머슴 정도로 여셨구나' 하는 생각마저 들었다. 거기에 40분 가까이 이어진 언어폭력까지…. 더이상 같이 일한다는 것은 상상하기 어려웠다. 지렁이도 밟으면 꿈틀하는 법. 오늘을 이대로 끝낼 수는 없었다. 나 역시 감정적인 것인지 현명한 선택을 한 것인지 알 수 없었지만 '계약 해지'를 통보하는 메일을 한 글자 한 글자 적어 '보내기' 버튼을 눌렀다.

다음 날 아침. 산산이 조각난 멘탈은 하룻밤 만에 회복될 수 없었다. 아니, 회복은커녕 상처가 더 아파올 뿐이었다. 항상 감사한 마음을 갖고 있던 분이었고 그동안 최선을 다해 도왔다고 생각했는데, 그런 일을 당하니 화도 나고 겁도 나고 마음속에 오만가지 감정이 쉼 없이 소용돌이쳤다.

따르릉.

그때 울리는 전화벨 소리. '누구일까?' 전화기를 들여다보니 바로 대표님에게 걸려 온 전화였다. 그 이름 석 자를 보니 어제의 기억이 더 강렬하게 떠올랐다. 별일 아닌 일에 그 난리를 치셨으니 '사과 말씀이라도 하시겠지'라고 생각하며 전화를 받았다.

"안녕하세요, 대표님."

"이 새끼야, 네가 뭔데 계약을 해지해! 어디서 그런 말을 꺼내? 건방진 새끼야!"

아무리 현실이 가혹하더라도 이틀 연속 폭언을 듣는 것은 꿈에서조차 상상하지 못했다. 어제는 내가 큰 잘못을 한 줄 알고 아무 말 없이 이야기를 들었지만, 상황을 다 알게 된 지금,

더이상 가만히 있을 수 없었다. 이제는 내 차례였다.

"도대체 제가 무슨 잘못을 했다고 그렇게 심하게 말씀하십니까? 저는 열심히 일한 죄밖에 없습니다!"

욕설과 폭언에 대한 모욕감, 그럼에도 군말 없이 문제를 완벽하게 처리한 것, 아무것도 아닌 일로 상황을 이렇게 크게 만든 것에 대한 당신의 무책임함, 그동안 도움을 드렸던 일들 등 하고 싶은 말을 전부 쏟아냈다.

"이렇게 신뢰가 깨졌는데 어떻게 전처럼 웃으며 일할 수 있겠습니까? 겉으로는 웃고, 뒤로는 흉보면서 일하고 싶지 않습니다. 이런 상황에서 저와 함께 일하는 것은 되려 사업에 악영향이 있을 수 있으니, 앞으로 사업이 잘되길 바라는 마음에서 숙고 끝에 계약 해지를 말씀드린 겁니다."

구구절절 옳은 말에 한참 동안 입을 닫고 있던 대표님.

"내가 미안해요! 미안합니다!"

어색하게 연기를 하는 것처럼 보통 사람과는 사뭇 다르게 윽박지르듯 사과의 뜻을 보였다.

"그래도 같이 일은 해야 하지 않겠습니까?"

대표님은 나와의 계약을 유지하려는 생각을 갖고 있었다. '아니, 함께할 생각을 갖고 계신 분이 어째서 그렇게 상처 주는 언행을 하셨습니까? 도대체 왜 그러셨어요?' 생각할 시간이 필요했다.

"하루만 생각해도 괜찮을까요?"

"그러시죠."

앞서 말했듯 대표님은 개업 초기부터 '젊은 세무사'를 돕겠다는 마음으로 함께해 준, 내게는 보석 같은 분이었다. 당장에는 말이 안 되는 상황이 연달아 벌어지긴 했지만, 그간 살아가는 데 큰 도움을 주었고, 나이도 한참 많은 인생 선배이며, 남다른 방식이긴 하지만 어쨌든 사과의 말도 전해주었다. 더불어 끝까지 함께하고 싶다는 뜻도 보여주었기에 원점에서 다시 생각할 필요가 있었다.

현실적인 문제를 짚어봤다. 개인사업장 세 곳과 법인사업장 한 곳에 신규 법인 한 곳까지 총 다섯 업체로, 기장료와 조정료가 연간 2,000만 원 이상 예상되는 계란 노른자위 같은 거래처였다. 이렇게 큰 거래처가 한번에 빠지면 회사 운영에 문제가 생길 것은 안 봐도 뻔한 일. 내 감정만 챙겨서 될 일은 아니었다. 더 나은 선택을 위해 주변 세무사와 지인들에게 물어보기로 했다.

"술술아, 그런 일 쎄고 쌨어."

"그런 거 하나하나 어떻게 다 따지면서 일하냐?"

"난 어제도 욕먹었다."

눈 딱 감고 다시 일하라는 의견이 대다수였다. 계약 해지에 동의한 소수 역시 기장료와 조정료 금액을 듣고 나면 이내 말을 바꾸었다.

영원한 적도 영원한 아군도 없다. 따지고 보면 우리는 이해관계로 만난 사이일 뿐. 비즈니스 관계에서 '신뢰'라는 말은 겉치레에 불과할지 모른다. 나는 돈을 받고 일하면 그만이고, 대표님은 돈을 주고 문제를 해결하면 되는 것이다. 뜨거운 가슴 대신 차가운 머리로, 감정은 접어두고 새로운 마음으로 다시 시작하자.

고름은 살이 될 수 없다. 지나간 일은 지난 일이지, 없던 일이 될 수는 없다. 담대하게 이 모든 것을 포용할 수 있다면 좋겠지만, 나는 속이 좁은 일개 범부일 뿐 다시 함께한다면 덮어둔 마음의 상처가 두고두고 나를 괴롭힐 것이 분명했다.

감정에 치우쳐 계약 해지 메일을 보낸 어제와 달리, 현실에서 오는 어려움과 주변의 만류로 크나큰 흔들림이 있었다. 이성과 감성, 돈과 자존감 사이에서 오는 치열한 다툼이었다. 그리고 결국 나는 '나를 지키는 길'을 택했다.

다음 날, 대표님에게 다시 한번 '계약 해지' 메일을 보냈고, 이번에는 다행히도 전화 통화 없이 '알겠다'는 짧은 답신만 돌아왔다. 그렇게 오랫동안 이어온 인연은 조용히 끝이 났다.

그때를 떠올리면 제 자존감을 걱정해 말없이 탕비실로 숨어준 직원의 모습이 가장 먼저 생각납니다. 그 배려가 고맙기도 했고, '약해지지 말자'라며 마음을 다잡는 힘이 되기도 했지요. 대표님과의 계약을 해지한 뒤 이를 후회한 적은 지금껏 단 한 순간도 없습니다. 천만금을 준다한들 어떻게 그런 사람과 함께 일할 수 있을까요? 그분과 함께한다는 것은 돈 때문에 저를 지우는 것과 같았습니다.

살다 보면 '돈'과 '돈이 아닌 것'을 저울질해야 하는 순간이 찾아옵니다. '돈이 아닌 것'은 사랑, 우정, 자존감, 믿음, 정체성, 가족, 건강, 양심, 명예, 꿈 같은 것들이지요. 저는 믿습니다. 돈을 선택하는 사람은 결국 더 소중한 것을 잃게 된다는 것을요.

P.S. 돈을 쫓는 사람에게는 돈이 도망간답니다.

안타까운
결말

"서장실 어디야? 내가 이것 때문에 택시까지 타고 왔어!"

자리에서 일어나 고래고래 소리를 지르는 내담자. 양도소득세는 따로 계산해 주지 않는다고 안내하니 단단히 화가 난 모양이었다.

"선생님, 양도세는 자료를 보지 않고 계산했다가 큰 문제가 생길 수 있습니다."

다른 세목과 달리 양도세 상담은 계산을 정확히 하지 않으면 낭패를 보기 쉽다. 그래서 관련 서류 일체를 꼼꼼히 살피고, 양도인의 제반 사정까지 고려해 세금을 계산해야만 한다.

"서장실 어디야!"

"2층에 있습니다. 올라가 보세요."

"흥!"

막무가내로 서장실을 찾던 내담자는 콧방귀를 크게 뀐 뒤 쿵쿵거리며 민원실을 나갔다.

'참나….'

국세청 '나눔세무사'로 위촉되어 세무서에서 무료 상담을 한 지 올해로 4년 차. 간만에 만나는 진상 손님이었다. 상담은 두 시간 동안 많으면 20명 이상의 사람을 상대해야 한다. 이런 상황에서 양도세 계산으로 시간을 빼앗기는 것은 다음 내담자에게 실례이기도 하고, 특히 정확하지 않은 정보로 양도세를 잘못 안내했다가는 '무료 상담이다 보니 실수했네요' 정도로 끝날 문제가 아닌 게 된다. 아무튼 그 내담자는 이미 충분한 상담을 받았는데도 마지막에 양도세 계산을 해주지 않았다고 저 난리를 피운 것이다.

내가 공무원도 아니고, 순수하게 재능기부를 하는 것인데 서장까지 들먹이며 겁을 주는 것은 참으로 유감이다. 세금 상담 중에서도 제일 어렵고 세무사조차 실수하기 쉬운 것이 양도세인데, 최근에 양도세법이 자주 개정되다 보니 내담자 중 열에 아홉은 양도세를 물으러 오는 실정이다. 상담을 마치고 납세자보호실에 들러 상담 대장을 제출했다.

"세무사님, 수고하셨어요!"

조사관님의 인사에 대답할 힘도 없어 '씩' 미소를 지으며 그저 고개만 숙였다. 돌아가는 길에는 몸살 기운으로 약국에 들러 '판피린F' 한 병을 사 마셨다.

얼마 뒤 납세자보호실로부터 전화 한 통이 걸려왔다.

"안녕하세요, 조사관님."

"세무사님, 별일 없으시죠? 다름이 아니라…."

불편한 듯 뜸을 들이는 모습.

"편하게 말씀하시죠."

"다름이 아니라 전에 세무 상담을 받은 분 중에 세무사님께서 나중에 연락 주시겠다고 한 분이 있었나 봐요."

상담자가 많다 보니 기억이 나지는 않았다.

"그래서요?"

"이후에 연락을 못 받으셨는지 국민신문고에 글을 쓴 모양입니다."

"네?"

자다가 봉창 두드리는 소리도 아니고 국민신문고라니? 그곳은 행정기관에 민원을 제기하는 사이트 아닌가?

"제가 연락처를 알려드릴 테니까 전화 통화 좀 해주실 수 있을까요?"

"당황스럽네요."

"번거롭게 해드려 죄송합니다."

"제가 잘못했죠. 하지만 아무리 그래도 국민신문고에 신고까지 하는 건 너무했네요."

"…"

"연락처 알려주세요."

조사관님과 통화를 마치자마자 곧장 내담자에게 전화를 걸었다.

"안녕하세요, 술술이 세무사입니다. 세무서 담당자분한테 연락처를 받아 전화 드렸습니다. 연락처를 잃어버려서 제때 전화를 못 드렸네요."

"아…, 안녕하세요."

국민신문고 이야기는 모른 척하며 간단하게 이야기를 나누고 통화를 마쳤다. 이렇게 쉽게 끝날 일을 국민신문고라니. 차라리 세무서에 전화해 내 연락처를 받았으면 될 일이었다. 악성 민원으로 고생하는 공무원이 많다는 이야기를 뉴스로 종종 접하긴 했지만, 공무원도 아닌 민간인에게까지 민원을 넣는 행태를 보니 화가 나기보다는 서글픈 마음이 들었다.

전문직 종사자로서의 책임감과 동네 주민에게 봉사하겠다는 마음으로 시작한 무료 상담이었다. 상담에 혹여나 실수가 있을까 봐 가방 한가득 두꺼운 실무서를 몇 권씩 챙겨가기도 했고, 감기로 몸 상태가 좋지 않아도 상담 약속을 지키기 위해 세무서로 향했던 적도 여러 번이었다. 상담에 지쳐갈 때쯤 내담자가 건네는 편의점 커피에 기운을 차린 적도 있고, 명쾌한 답변에 만족해 돌아가는 내담자의 뒷모습을 보며 뿌듯함을 느끼기도 했다.

의자에 기대 생각에 잠긴 지 얼마나 흘렀을까? 전화기를 들고 납세자보호실 번호를 눌렀다.

"조사관님, 통화 잘 끝냈습니다."

"고생 많으셨습니다."

"그리고 아무래도 나눔세무사 활동은 이번까지만 하고 그만둬야 할 것 같습니다."

"아이고."

"..."

"네, 잘 알겠습니다."

4년간의 나눔세무사 활동은 그렇게 조용히 막을 내렸다.

───────────────── 술술이 마음

처음에는 상담 인원이 4~5명이었고 많아도 10명을 넘기지 않았습니다. 그런데 부동산 대책과 함께 양도세법이 자주 개정되자 두 시간 동안 최소 15명, 많으면 24명까지 상담 인원이 늘었습니다. 상담 시간은 오후 2~4시였지만, 1시 50분쯤 민원실에 도착하면 이미 7~8명 정도가 기다리고 계셔서 자리에 앉기 전부터 바짝 긴장하곤 했네요.

상담 시간 대비 내담자가 너무 많으니 정말 힘이 들었습니다. 상담을 마치고 판피린F를 사 마시지 않으면 몸살기가 돌 정도였지요. 그래도 나름 자부심과 책임감을 가지고 임했는데, 몇 번의 봉변을 당하고 나니 회의감이 밀려왔고 결국 그만두고 말았습니다. 다행히 지금은 많이 개선되어 상담 인원이 하루 최대 8명으로 정해지고, '신고서 작성'이나 '세금 계산 등은 진행하지 않는다'라는 안내가 세무서 차원에서 고지되고 있습니다. 수많은 세무사님의 고생으로 얻어낸 결과겠죠?

세무서에서 무료 상담을 하는 세무사님을 만나게 된다면 따뜻한 응원의 한마디 부탁드리겠습니다.

우리는
운명일까?

대리님이 입사한 지 어느새 3년이 되었다. 야근이 필요할 정도로 업무가 많지는 않았지만 둘이 하기에 널널하지도 않은 상황. 앞으로 회사가 더 성장할 것을 상상하면 지금 시점에서 충원이 필요하다는 직감이 들었다. 사실 일이 많지 않은 상황에서 직원을 채용한다는 게 쉬운 선택은 아니다.

지출 면에서는 최저시급으로 계산하더라도 사대보험과 퇴직금, 식대, 기타 경비를 포함해 연간 최소 3,000만 원 이상이 발생한다. 하지만 직원을 뽑는다고 곧장 매출이 느는 것은 아니기에 생돈만 나갈지 모를 일이다. 사무실 분위기도 그렇다. 대리님과는 매일 점심을 같이했으니 못해도 500번은 족히 밥을 같이 먹은, 말 그대로 손발이 착착 맞는 식구나 다름없었다. 이런 상황에서 새로운 사람이 들어온다는 것은 단순히 인원 한 명이 늘어나는 게 아니라 아예 처음부터 새로 호흡을 맞춰야 한다는 의미였다. 이 또한 마음이 잘 맞는 사람이 들어왔을 때의 이야기지, 그렇지 않은 사람이 들어와 물을 흐리면 그나마 있던 직원마저 떠나버리는 사달이 날지 모른다. 지금처럼 대리님과 오순도순 사무실을 운영하는 것도 나쁘지 않았다.

그러나…. 다윈이 말했다. "살아남는 종은 변화에 적응한 종이다"라고. 현실에 안주하다 보면 언젠가 변화의 파도에 쓸려 내려가게 된다. 결국 살아남기 위해서는 엄청난 스트레스를 견디며 스스로 변화해야 한다. 사람을 키워내는 것은 지출이 아닌 투자고, 우리가 견뎌야 할 스트레스는 살아남기 위해 주어진 선물과도 같다. 고민 끝에 구인 공고를 올렸다.

콩알만 한 회사라 '지원자가 없으면 어쩌지?' 하는 걱정도 잠시, 경력 없는 신입을 채용하려 하니 제법 많은 이력서가 들어왔다. 이력서에서 중요하게 보는 것은 세 가지였다. 전산회계 1급(필수), 출퇴근 거리, 대리님보다 나이가 어린 사람.

이력서 한 장 한 장 꼼꼼히 살피며 신중하게 지원자를 고르다 보니, 어느새 새 직원을 만날 기대와 설렘으로 면접 날을 손꼽아 기다렸다. 그러나 면접장에서 만난 지원자들의 모습은 내 기대와 달리 참으로 각양각색이었다. 오히려 나를 면접하듯 질문을 던지는 사람도 있었고, 평상복에 운동화 차림으로 오는 사람도 있었다. 복장이야 자유라지만 '대기업이라면 저렇게 왔을까?' 하는 서운함이 들었다. 비록 작은 회사지만 우리에게는 삶의 터전이나 다름없는 소중한 곳이기에 보석같이 빛나는 분이 와주기를 바랐다. 하지만 면접을 거듭할수록 피로만 쌓였고 기대는 사라졌다. 그렇게 9월부터 시작한 면접은 12월까지 이어졌다.

더는 이력서가 들어오지 않는 상황. 이제 정말 마지막으로 남은 면접자였다. 이번 면접자는 이력서의 요건을 모두 충족한 것은 물론, 가장 어렵다는 전산세무 1급까지 보유한 인재였다. 하지만 그보다 중요한 것은 면접 때 어떤 모습을 보여주느냐였다. 면접자는 어두운 정장의 단정한 차림으로 문을 열고 들어왔다. 조심스레 앉아 수줍은 미소와 차분한 말투로 면접을 이어갔다. 특히 전 직장에 대해 좋은 점만 이야기하려는 태도가 마음에 들었다. 불편한 기억이 있었겠지만, 함께했던 사람늘을 존중하고 배려하는 따뜻함이 느껴졌다.

3개월가량 받은 이력서는 총 100여 장, 면접자는 25명. 그동안 합격자가 없었던 것은 아니다. 작은 회사다 보니 합격을 거절한 사람도, 입사 후 며칠 뒤 그만둔 사람도 있었다. 그런 일을 몇 번 겪으니 면접 날에는 아침부터 가슴이 답답하고 걱정이 가득했는데, 그 시간이 헛되지 않은 모양이었다. 30분 남짓 이어진 면접이 끝나고 면접자가 문을 나서자 대리님과 눈이 마주쳤다.

"좋은 분을 만나려고 이렇게 오래 걸렸나 봐요."

내 설렘을 눈치챈 대리님은 김칫국부터 마시지 말라는 듯 씩 웃어 보였다. 나도 덩달아 쑥스러운 웃음을 지었다.

"바로 합격 통보를 하는 건 좀 없어 보이니까 내일 오전에 연락할까요?"

술술이 마음

한 번의 면접은 보통 30분가량 이어지고, 그 전후로 준비시간이 필요하니 면접이 잡힌 날은 외부 일정은커녕 내부 업무도 제대로 이어가기 힘들었습니다. 그렇게 애써 준비해 치른 면접이었지만 합격을 거절당하거나, 입사 후 며칠 뒤 그만두는 사람이 생기다 보니 자존감이 많이 떨어져 한동안 울적함에 젖기도 했지요. 3개월 동안 이어진 구인 공고 말미에는 이력서조차 들어오지 않아 탈락한 지원자들에게 다시 연락하는 부끄러운 모습을 보이기도 했습니다. 다시 돌아봐도 참 힘든 시간이었습니다. 그럼, 그 시간을 지나 운명처럼 만난 마지막 면접자는 어떻게 되었을까요? 어느새 대리가 되어 올해로 입사 5주년을 기다리고 있답니다. 글에 나온 대리님은 과장님이 되었고요.

솟아날
구멍

오전 9시 30분. 남들은 모두 출근해 업무가 한창일 시간
이지만 나는 카페에서 창밖을 바라보며 따뜻한 아메리카노와
휘낭시에를 즐기고 있었다. 오늘은 꿀맛보다 달콤한 휴가. 특
별히 정해놓은 일정 없이 그냥 흘러가는 대로 즐기고픈 마음
이었다. 그때였다. 휴대전화가 울렸다. 발신자는 사무실. 휴가
때는 연락하지 않는 것이 암묵적인 룰인데…. 업무가 시작된
지 얼마 지나지 않아 걸려 온 전화라면 위급한 상황임이 분명
했다. 꿀꺽. 마른침을 삼키며 전화를 받았다.

"세무사님, 쉬시는데 죄송해요. 지금 서버 컴퓨터가 안 켜
지는데 어떡하죠?"

등골이 오싹했다. 전에 직원 컴퓨터가 몇 번 고장 난 적은 있었지만, 업무에 큰 차질은 없었다. 하지만 서버 컴퓨터라면 이야기가 다르다. 일반적으로 세무사 사무소는 서버 컴퓨터에 모든 데이터를 보관하고, 개인 컴퓨터로 서버에 접속하는 방식으로 업무를 처리한다. 한마디로 서버 컴퓨터가 작동하지 않으면 사무실 전체가 멈춘다는 이야기다.

"알겠습니다. 금방 갈게요."

남아 있는 커피를 단숨에 들이켜고 곧장 사무실로 달려갔다. 과장님 이야기대로 서버 컴퓨터의 전원은 감감무소식. 도무지 작동할 기미가 보이지 않았다. 더는 기다릴 수 없기에 차에 본체를 싣고 AS센터로 향했다. 평일 오전인데도 이미 대기자가 많은 상황. 한 시간이 지나 겨우 내 차례가 왔다.

"오늘 안에 수리가 될까요?"

"메인보드가 나갔네요. 이건 구형 보드라 먼저 업체에 재고 여부부터 확인해야 해요. 부품 받는 데 이틀, 수리에 이틀, 주말까지 끼면 최소 일주일은 걸립니다."

청천벽력 같은 소리였다. 회사 문을 일주일이나 닫을 수는 없었다. 그렇다고 내가 고장 난 컴퓨터를 고칠 수도 없는 노릇. 이러지도 저러지도 못하고 발만 동동 굴러야 하는 상황이었다.

"알겠습니다. 연락 기다리겠습니다."

"재고 확인하는 데 하루 정도 걸리니 내일 연락드리고 수리 비용도 같이 안내하겠습니다."

하는 수 없이 컴퓨터를 맡기고 사무실로 돌아왔다. 시간은 어느새 점심시간. 직원들은 멍하니 자리에 앉아 있었다. 일을 못 하는 상황에서 직원들을 마냥 붙잡아 둘 수는 없었다.

"오늘은 일찍 마무리하시죠."

직원들을 퇴근시키고 텅 빈 사무실에 홀로 앉아 있으니 스트레스가 몰려왔다. 꿀맛 같은 휴가를 날린 것도 마음이 아프지만, 서버 컴퓨터가 없는 동안 회사를 어떻게 운영해야 할지 걱정이었다. 그때 몇 해 전 쓰다가 탕비실로 치워둔 낡은 컴퓨터 한 대가 생각났다. 곧바로 본체를 들고 와 서버 자리에 놓고 신속하게 케이블을 연결했다. 전원 스위치를 누르자 다행히 작동하는 컴퓨터. 서버 컴퓨터는 어차피 자료보관이 목적이기에 성능이 조금 부족해도 지장이 없다. 그리고 혹시 모를 위기 상황에 대비해 '데이터 백업 서비스'를 유지하고 있었는데, 바로 오늘을 위한 것이었다! 백업 데이터만 불러오면 이 컴퓨터가 서버 컴퓨터로 탈바꿈하는 것이다. 이후 업체의 도움을 받아 4시간 남짓 데이터 복구를 진행했다.

어느새 저녁. 정상 작동 여부까지 확인한 뒤 사무실 문을 나섰다. 하마터면 일주일이나 회사 문을 닫을 뻔한 절체절명의 순간이었지만 '솟아날 구멍'은 있었다. 오늘의 구멍은 오래전 퇴역해 탕비실로 모신 '퇴역 장성 컴퓨터'였다. 군인에게 전역은 없다. 오직 전사만 있을 뿐.

———————————————————————— 술술이 마음

한때 저는 데이터 백업을 등한시했습니다. 한 푼이라도 아끼기 위해 당장 필요하지 않으면 낭비라고 생각했던 것이죠. 그러던 어느 날, 화재로 모든 자료를 잃고 신고마저 망쳐버린 세무사 사무소 이야기를 들었습니다. 오싹한 기분이 드는 것이 마치 제 이야기 같았습니다.

그러고 보니 화재만이 아니라 고장이나 해킹, 낙뢰 등 보이지만 않을 뿐 온갖 위험이 늘 앞에 도사리고 있었습니다. 서버 컴퓨터에만 모든 자료를 보관하는 건 바구니 한 개에 달걀을 모두 담아놓은 것과 같았습니다. 커피 몇 잔만 덜 마시면 되는 돈을 가지고… 아낄 게 따로 있지 말입니다. 그제야 정신이 번쩍 들어 부랴부랴 백업 서비스를 신청했고, 그 덕에 이번 위기를 무사히 넘길 수 있었습니다.

고객이 세무사를 찾는 것은 세금을 미리미리 준비하기 위해서입니다. 그렇기에 세무사가 자료를 제대로 간수하지 못해 일을 망치는 일이 있어서는 안 되겠죠? 세무사라면 데이터 백업 절대 잊지 마시기 바랍니다.

최고의
방법

1월 – 하반기 부가가치세 신고

2월 – 근로자 연말정산, 면세사업자 현황 신고

3월 – 법인세 신고

4월 – 1분기 부가가치세 신고

5월 – 종합소득세 신고

6월 – 성실사업자 종합소득세 신고

세무사의 상반기는 누구의 아이디어인지 1초도 허투루 쓸
수 없게 알뜰히 짜여 있다. 그렇다 보니 이 기간에는 전쟁터에
나가는 전사의 마음으로 하루하루 신고를 준비하게 된다. 특

히 소득세나 법인세 신고 기간에는 머릿속이 온통 신고 생각 뿐이라 씻을 때나 자려고 눈을 감을 때면, 문득 놓친 부분이 떠올라 가슴이 철렁하기도 한다. 이렇게 6개월이 지나면 시즌을 잘 마무리했다는 안도감도 잠시, 눈이며 어깨, 허리 등 안 아픈 곳을 찾기 어려워 병원으로 향하게 된다.

올해도 어김없이 돌아온 3월, 법인세 신고가 시작되었다. 먼저 결산자료를 보며 법인 재무 상황과 손익을 검토했다.

흠…. 경기 침체, 물가 상승 등 여러 영향으로 이익률이 크게 떨어지거나 적자인 곳이 태반이었다. 그나마 다행이라면 적자인 덕에 납부할 세금이 없다는 것? 하지만 "컵에 물이 절반이나 남았어요!"라고 말해본들 위로가 되진 않을 것 같았다. 조금이라도 도와드릴 방법을 고민해 봐야 했다.

그때 떠오른 아이디어! 바로 '중소기업 결손금 소급공제'였다. ①중소기업으로서 ②올해에는 소득이 적자지만 ③작년에는 흑자였고 ④납부한 세금이 있었다면, 올해 손실을 작년 이익과 상계해 납부 세금의 일부 또는 전부를 돌려받을 수 있다(법인세법 제72조). 그럼, 결산 업체가 위 네 가지 요건을 충족하는지 확인해 보자.

1. 중소기업: OK

2. 올해 직자: 2억 2,000만 원

3. 작년 흑자: 3억 5,000만 원

4. 작년 납부 세금: 법인세 2,437만 원, 지방소득세 496만 원

네 가지 요건을 모두 충족했다. 올해 적자 금액 2억 2,000만 원을 작년 이익 금액과 상계하면 환급받을 수 있는 세금은 지방소득세 포함 2,680만 원가량! 이 정도면 가뭄에 단비가 아니라 거의 폭우 경보 수준이었다! 기막힌 일 처리였다는 생각에 곧장 대표님 전화번호를 누르려던 찰나, 뭔가 불길함을 감지한 걸까? 심장이 두근거리면서 손가락이 멈칫했다. 환급세액이 너무 컸다.

세금 환급은 납세자 입장에서는 기쁜 소식이지만, 국세청 입장에서는 "내 돈 내놔!" 하며 달려드는 격이다. 무분별한 환급으로 인한 국고 손실을 방지하기 위해 세무서에서는 환급 금액이 많으면 많을수록 내부적으로 면밀한 검토를 진행한다. 검토가 끝나면 환급 사유에 대한 소명 요청으로 이어지기에, 이를 위한 준비가 반드시 필요하다.

사실, 지금 환급받지 않는다 하더라도 결손금(적자)은 사라지는 것이 아니라 앞으로 15년간 발생할 소득금액에서 순차적으로 차감할 수 있다(법인세법 제13조). 따라서 시기에 차

이가 있을 뿐 절세 효과는 거의 동일하기에 조삼모사나 마찬가지다.

'나중에 공제받을 수 있으니, 말하지 말고 넘어갈까?'

'믿고 맡겨주신 일인데, 책임감을 가지고 임해야지.'

발생할지 모를 불확실한 문제와 일을 믿고 맡겨준 거래처와의 신뢰 사이에서 어떤 결정도 내리지 못했다. 그렇게 고민하던 중 어느새 점심시간. 술술이의 심각한 표정을 살피던 과장님이 무슨 일이냐며 물어왔다.

"거래처가 적자라 결손금 소급공제를 할까 생각하니 환급금액이 커서 세무서에서 올 연락이 걱정되네요. 업체에 말하지 말고 그냥 이월결손금으로 돌리자니 마음이 불편하고요."

과장님의 눈이 반짝였다.

"세무사님, 그런 상황에서는 '불편하더라도 옳은 길을 고르자'라고 하지 않으셨나요?"

촌철살인寸鐵殺人. 말이 끝나기 무섭게 과장님의 일침이 날아들었다. 시도조차 해보지 않고 지레 겁을 먹거나, 귀찮다고 피하면 반드시 더 큰 후회로 돌아오니 그럴 때는 정공법으로 헤쳐나가자고 그간 여러 번 강조하지 않았던가. 말은 쉽지만 막상 그 상황에 맞닥뜨리니 머리가 하얘지고, 피하고 싶은 생각뿐이었는데…. 그동안 떠들어 댄 '젤리처럼 말랑했던 나의 다짐'이 직원들에게는 '무쇠같이 단단한 다짐'으로 잘 전해진 모양이었다.

"고맙습니다."

결정이 끝났다. 망설임 없이 대표님께 전화를 걸었고, 내용을 전달받은 대표님은 며칠간의 고민 끝에 "환급 신청은 하지 말자"라는 답을 주셨다. '세무사의 단독 판단'으로 환급 신청을 하지 않은 것과 '대표님과 상의'한 끝에 환급 신청을 하지 않은 것. 결과는 같더라도 두 업무의 수준은 하늘과 땅 차이다. 도망치지 말자. 성장은 항상 스트레스를 동반한다.

———————————————— 술술이 마음

선택이 어려운 순간에는 고민으로 두세 시간이 훌쩍 지나곤 합니다. 특히 바쁜 신고 기간에는 이런 망설임 하나하나가 큰 애로사항이 되죠. 이를 줄이려면 평소에 어떤 것을 우선으로 할지 기준을 세워두어야 합니다. 회사에서 종종 아침 회의를 하는데, 이때는 업무적인 부분만이 아니라 일을 대하는 태도나 마음가짐에 관한 이야기도 함께 나눕니다. 그중 하나가 '피하지 말고, 정공법으로 헤쳐나가자'는 것이었고요. 하지만 정작 제가 잊고 있던 것을 과장님의 한마디로 다시금 떠올릴 수 있었습니다.

여담으로, 해당 업체는 이듬해 정기 세무조사 대상에 해당해 그 과정에서 이월결손금이 1,600만 원 정도 감소했습니다. 그대로 환급받았다면 과다 환급으로 가산세가 부과될 수 있었던 무시무시한 상황이었죠. 어떻습니까? 술술이 세무사의 감각도 살아 있죠?

힘들 때
웃는 사람이 일류

5월, 종합소득세 신고로 숨 돌릴 틈 없는 날이 계속되는 와중에 거래처로부터 한 통의 전화가 걸려 왔다.

"세무사님! 작년에 프리랜서로 일한 사람한테 연락이 왔는데, 건강보험료가 150만 원이나 나왔다고 해요. 어떡하죠?"

거래처 대표님의 다급한 목소리였다.

"글쎄요? 본인 건강보험료니까 내는 게 맞을 것 같은데요."

세무사 일을 하다 보면 이게 내 일이 맞는지, 아닌지 모호한 때가 있다. 건강보험료도 그중 하나인데, 대표자의 소득금액에 대해 부과된 것인지, 재산 유무와 관련된 것인지 그 부과 원인에 따라 업무 여부가 가려진다. 지금 상황은 사업장 직원도 아닌 작년에 일한 프리랜서의 건강보험료 문의이기에 선을 한참이나 넘었다고 봐야 한다. 그렇지만 서비스업 종사자에게 차가운 거절은 어울리지 않는다.

"일단 주소지 관할 건강보험공단에 연락해서 내용부터 확인해 보라고 하시죠."

"알겠습니다."

야근을 마치고 퇴근길에 다시 울리는 전화벨 소리.

"혹시 건강보험료 좀 알아봐 주실 수 있을까요? 공단에 전화해 봤다는데 무슨 말인지 모르겠다고…."

"아이고, 지금 소득세 신고 기간이라 여유가 없는데…."

"친한 언니 아들이라 제가 알아봐야 할 것 같아요."

"…"

고구마 하나를 물 없이 삼킨 듯한 답답함이 느껴졌다. 대표님은 부탁이겠지만 내게는 명령으로 다가왔다. 그러나 따지고 보면 나 말고 누구에게 이런 부탁을 하겠는가? 어차피 해야 할 일이라면 결정은 신속하고 답변은 명확해야 신뢰에 금이 가지 않는다. 빠른 결정 후 입을 열었다.

"네, 필요한 내용은 문자로 남겨놓겠습니다."

그렇게 프리랜서 성함과 주소, 3개년 소득금액증명원, 재산 유무에 대한 서류를 요청했다. 다음 날 오후 메시지가 도착했다.

"이름 김○○, 주소는 ○○○, 재산은 없고 소득금액증명원 보냈습니다."

내용을 확인해 보니 우리 쪽에서 신고한 인건비 금액인 3개월 총합 500만 원가량 외에 눈에 띄는 수입은 없었다. 건강보험료는 소득금액 기준 약 8%인데 소득도 아닌 수입금액 500만 원에 대해 150만 원이라는 건강보험료가 부과된 것은 받아들이기 어려웠다. 수상한 냄새가 코를 찌른다. 당장 공단 담당자에게 전화를 걸었다.

"안녕하세요. 지역보험료 확인차 연락드렸습니다."

"네, 주민등록번호 불러주시겠어요?"

"○입니다."

"본인이세요?"

"대리인입니다."

"관련 내용은 개인정보라 알려드릴 수가 없네요."

지역보험료의 부과 내용은 당사자만 확인할 수 있어서 아무 소득 없이 통화가 끝났다.

'바빠 죽겠는데….'

밀려 있는 소득세 업무에 짜증이 머리끝까지 났지만 그렇다고 손을 뗄 수도 없는 노릇이었다. 다시 전화기를 들어 대표님 번호를 눌렀다.

"지역보험료는 개인정보라 제가 확인할 수 없거든요. 위임장 양식을 보내드릴 테니까 전달해서 작성 좀 부탁드릴게요."

"그래요? 바쁘신데 죄송해요. 바로 연락할게요."

힘들 때 웃는 사람이 일류라는 말이 있듯 감정은 접어두고 웃으며 전화를 마쳤다.

며칠 뒤, 전달받은 위임장을 통해 지역보험료 부과 내용을 확인해 보니 프리랜서의 이름으로 부과된 보험료는 실제로 대부분이 어머니의 보험료였고, 당사자 부담분은 몇만 원 정도로 미미했다! 충격적인 결과였다. 그럼, 어떻게 이런 일이 발생했을까? 지역가입자의 월별 보험료액은 세대 단위로 산정한다. 만약 주민등록상 세대원이 여럿이고 각각이 지역보험료 부과 대상인 경우에는 세대원의 지역보험료를 합산해 그중 1인 명의로 부과할 수 있으며 이 경우 세대원 간 연대납부 의무가 발생한다(국민건강보험법 제69조 제5항).

알고 보니 대표님의 친한 언니는 건강보험료에 놀라 인건비 가지고 장난친 것 아니냐며 오해를 했고, 대표님은 누명 쓴 죄인처럼 억울하고 답답한 마음에 급히 나를 찾았던 것이다. 잘못된 행정 처리로 오랜 인연이 산산조각 날 뻔한 상황에서 다행히 술술이의 신속한 업무처리로 무사히 사건을 해결할 수 있었다.

'오늘도 한 건 해결!'

하지만 기쁨도 잠시 여전히 술술이를 기다리는 건 밀린 소득세 신고였다.

——————————————————————— 술술이 마음

세무사는 전문 '서비스'업이라고 믿어 의심치 않지만, 가장 바쁜 시기인 5월 종합소득세 신고 기간에, 심지어 제3자의 건강보험료 문제까지 해결해야 하는 일은 결코 쉽지 않았습니다. 심적으로도 부담이 컸지만 무엇보다 물리적으로 버거웠습니다. 특히 매번 한 다리 거쳐야 하다 보니 보통 회신받기까지 하루를 기다려야 했죠. 그럼에도 빨리 끝내야 소득세 업무에 집중할 수 있기에 열심히 방법을 찾아 헤맨 결과, 무사히 해결할 수 있었습니다. 힘들었던 만큼 대표님도 기뻐해 주시고 저도 지식이 쌓였으니, 모두가 행복한 결말이었네요. 하지만 다음에는 5월만은 피해주세요!

마지막
국선대리인

국세청에는 국선변호사와 비슷한 '국선대리인'이라는 제
도가 있다. 청구세액 5,000만 원 이하의 과세전적부심사·이의
신청·심사청구를 제기하는 영세납세자에게 세무대리인을 무
료로 지원하는 제도로, 국선대리인으로 위촉되면 2년의 임기
를 갖는다(국세기본법 제59조의2).

일반인인 납세자가 세금이 부당하게 부과되었을 때 조세
불복 등의 절차로 과세당국에 대응하기란 쉽지 않다. 이럴 때
이들이 국가가 정한 전문가, 곧 국선대리인을 통해 불복대리
서비스를 받을 수 있게 해주는 것이다. 전문가 입장에서는 재
능봉사를 할 기회가 되고, 납세자 입장에서는 무료 세무서비

스를 누릴 수 있으니 '누이 좋고 매부 좋다'고 해야 할까? 다만, 아무나 국선대리인을 선임할 수는 없고 법에서 정하는 영세납세자만 가능하다. 법에서 정하는 영세납세자는 아래 요건을 모두 충족해야 한다.

국세기본법 시행령 제48조의2

① 불복대상세액 5,000만 원 이하(상속·증여세 및 종합부동산세 제외)

② 종합소득금액 5,000만 원 이하

③ 보유재산 5억 원 이하 개인사업자(법인사업자 제외)

하지만 국선대리인에게 오는 일은 세무공무원 선에서도 도무지 방법을 찾지 못한 것들로, 지푸라기라도 잡는 심정인 것이 대부분이다. '납세자의 신고 실수'로 부과된 가산세를 면제해 달라거나, '업무와 무관한 카드지출'(골프 비용, 백화점 결제 등)을 사업용 비용으로 인정해 달라는 등 세법적으로 받아들이기 어려운 주장이 태반이다 보니, 변변찮은 선수를 데리고 승산 없는 경기에 임하는 감독의 마음이 든달까? 나 역시 국선대리인으로 여러 번 불복을 대리했지만 0%에 가까운 승률을 보이고 있었다.

그러던 어느 연말, 국선대리인 신청결과 통지 안내문과 과세전적부심사 청구서, 심리자료가 메일로 들어왔다. '과세전적부심사청구'는 세무조사 결과에 따른 고지처분을 하기 전에 과세할 내용을 미리 납세자에게 통지(과세예고통지)한 후 이의가 있는 경우 이에 대한 재검토를 요청하는 제도다(국세기본법 제81조의15). 국선대리인으로 활동한 지 6년째. 내년에는 그만두려는 마음을 먹고 있었기에 내 인생 마지막이 될지 모를 국선대리인 업무였다. 이번 불복은 명의대여사건이었다.

청구주장

청구인 명의의 사업과 관련해 발생한 부가가치세와 종합소득세는 청구인의 명의대여로 인해 발생한 것이니 이에 대한 부과를 취소해야 한다.

사실관계

고령의 청구인은 월 3만 원을 받는 대가로 개인정보 및 통장 등을 실사업자에게 대여했고, 실사업자는 이를 통해 온라인쇼핑몰을 개설한 뒤 6개월 동안 급격히 매출을 발생시키고 부가가치세와 소득세를 신고하지 않고 사업을 정리했다.

부과된 세금

부가가치세: 3,149만 원

종합소득세: 1,239만 원

총합: 4,388만 원

사업자등록증상의 명의자와 실제 사업자가 다른 상황에서 실질과세원칙에 따라 소득 귀속자에게 세금을 부과하기 위해 그 실질을 파악해야 하는 사건이다.

실질과세원칙(국세기본법 제14조)

과세의 대상이 되는 소득, 수익, 재산, 행위 또는 거래의 귀속이 명의名義일 뿐이고 사실상 귀속되는 자가 따로 있을 때는 사실상 귀속되는 자를 납세의무자로 하여 세법을 적용한다.

여기서 실질을 밝히려면 '저 사람이 실사업자 같네' 정도가 아니라 명의자가 실사업자가 아니라는 구체적이고 명백한 증거가 존재해야 한다. 설령 발생한 소득이 명의자에 귀속되지 않고 실사업자에게 귀속되었을지라도 명의자와 실사업자 사이에서 오고 간 금전거래 내역, 협업 정도, 연락 내용 등 다양한 사실관계를 가지고 이를 입증해야 하는 것이다(서울행정

법원2016구합50167, 2016.11.10., 국승).

　국세청 입장에서는 명의대여자에게 부과된 세금을 취소했다가 실사업자가 도주하거나 재산을 은닉하면 세원 확보가 어려울 수 있다. 그렇다 보니 웬만하면 명의자를 실사업자와 동일하다고 판단하기 마련이다. 따라서 명의대여사건에서 이기려면 명확한 증거를 통해 이를 입증해야만 한다. 조금이라도 구멍이 있다면 이기기 어려운 것이 현실이다.

　4,388만 원. 누군가에게는 인생이 걸려 있는 금액. 이전까지 선임된 사건과 비교할 수 없는 무게감이 어깨를 발끝까지 끌어내렸다. 이틀에 걸쳐 내용을 검토했다. 청구인은 나이가 일흔이 넘은 고령으로 온라인 쇼핑몰을 운영하는 게 현실적으로 어려워 보였다. 실사업자로 추정되는 인물은 과거에도 몇 차례 명의를 빌려 사업을 한 전력이 있었기에, 청구인이 실사업자는 아닌 것으로 생각되었다. 이제 정리한 의문점을 청구인에게 직접 확인하고, 필요한 증거를 모아야 할 시간이다. 연세가 있지만 대화가 잘 되기를 바라며 청구인에게 전화를 걸었다.

　"안녕하세요. 저는 이번 조세불복과 관련해 국선대리인으로 선임된 술술이 세무사입니다."

　"그래요? 세무서에서 소개해 준 거 맞죠?"

"네, 몇 가지 궁금한 게 있어 연락드렸습니다."

"일단 세무사님, 제 말 좀 들어보세요. 내가 나이가 칠십이 넘었어요. 근데 그때 무슨 3만 원 준다고 이야기를 들었다가 지금 우리 집이 완전 풍비박산이 났어요. 이러쿵저러쿵….."

주변에 보이는 조금 억척스러운 할머니 모습이랄까? 억울한 사정을 모조리 쏟아낸 덕에 통화가 15분을 훌쩍 넘어갔다.

"어르신, 이야기는 잘 들었고요. 제가 궁금한 것은….."

"제 이야기 아직 안 끝났어요. 좀더 해야 돼요."

고해성사하듯 시작된 할머니의 이야기는 도무지 끝이 날 기미가 보이지 않았다.

"네네, 더 안 들어도 될 것 같습니다."

"세무서랑 똑같이 말씀하시네? 이야기를 다 듣지도 않고 어떻게 알아요!"

이제는 화까지 내며 소리를 치신다.

"어르신, 제가 지금 도와드리려고 전화한 거잖아요. 이미 내용은 다 알고 있습니다. 지금은 궁금한 부분을 확인하고 싶은데 제 이야기는 안 들어주시고 자꾸 혼자 말씀만 하시니 많이 답답하네요. 전화는 이것으로 끝내고 궁금한 건 문자로 남겨놓겠습니다."

"답답하다뇨? 내가 더 답답해요! 지금 세금이 4,000만 원이 나왔다니까요, 그 3만 원 받으려다가!"

"그 마음 충분히 이해합니다. 제가 최선을 다해볼게요. 전화 끊고 문자 남기겠습니다."

"됐어요!"

통화가 끊긴 전화기를 들고 생각에 잠겼다. 할머니 제가 명의대여한 거 아니잖아요….

첫 통화 이후 밤낮을 가리지 않고 청구인으로부터 전화가 왔다. 그동안 얼마나 힘들고 답답하셨을지 그 마음 십분 이해하지만 항상 격한 감정으로 전화를 주시니 스트레스가 엄청 났다. 그나마 다행인 것은 부담과 스트레스만큼 책임감이 강해졌다는 것. 평소에는 결과보다 과정을 중요하게 생각했는데, 이번 건은 청구인의 호감도와 관계없이 '사람 하나 살려낸다'는 심정으로 좋은 결과를 내고 싶은 마음이었다. 국세심사위원회까지 여유시간은 7일 남짓이었다.

불복청구사항을 심의 및 의결하기 위해 세무서, 지방국세청과 국세청은 각각 '국세심사위원회'를 두고 있다. 위원회가 열리면 소속 심사위원은 심리 과정을 통해 과세의 적정성 여부를 판단, 표결해 불복청구의 채택 또는 불채택 여부를 결정한다(국세기본법 제66조의2). 일선 세무서의 국세심사위원회는 의장(세무서장)과 세무공무원 2인 그리고 민간위원(전문자격사 등) 4인 등 총 7인으로 구성되는데, 다수결로 채택 여부를 표결한다(국세기본법 시행령 제53조).

남은 기간 청구인과 실사업자와의 문자 내용 중 필요한 부분을 발췌하고(부과된 세금에 대해 실사업자가 본인이 납부하겠다며 청구인의 불복을 만류하는 내용이 다수 발견됨), 명의자의 홈택스와 온라인쇼핑몰 회원 정보에 저장된 이메일주소와 연락처를 확인했다(명의자가 아닌 실사업자의 연락처로 저장되어 있었음).

통장 거래 내역을 보니, 입금된 쇼핑몰 정산 내역은 전부 은행 CD기를 통해 전액 출금되었는데, 거래 은행이 명의자의 거주지와 대중교통으로 한 시간 이상 거리인 것을 확인했고, 출금액은 전부 실사업자의 특수관계인에게 입금되었다(고령의 청구인이 먼 거리에 있는 은행지점까지 방문해 CD기로 출금한다는 것은 믿기 어려운 일이고, 예금의 입금 계좌를 통해 소득의 귀속자가 실사업자임을 확인할 수 있었음). 청구인이 실사업자로부터 받기로 한 월 3만 원의 명의대여 대가도 두 번밖에 받지 못했다(청구인과 실사업자가 소득을 공유했다고 보기 어려움). 그렇게 모으고 모은 자료와 함께 할머니의 억울한 마음을 녹여낸, 눈물 없이 읽을 수 없는 사유서를 한 글자 한 글자 써나갔다.

어느덧 국세심사위원회 당일. 일찍 일어나 목욕재계 후 아끼는 양복과 넥타이를 착용했다. 첫 면접 때의 긴장과 설렘이 랄까? 오랜만에 느껴보는 감정이었다. 오늘만큼은 누구보다 신뢰감을 주는 모습으로 나타나야 했다.

세무서에 도착해 납세자보호실 문을 열었다. 전화 통화만 해오던 할머니와의 첫 만남. 상상했던 괴팍스러운 할머니의 모습은 온데간데없고 작고 여린 할머니 한 분이 손을 꼭 잡아 주신다.

"세무사님, 잘 부탁드려요."

'할머니, 그렇게 화 안 내셨어도 열심히 준비했을 텐데, 왜 그리 사람을 힘들게 하셨나요?'

목구멍으로 넘어오는 말을 꿀꺽 삼켰다.

"최선을 다해보겠습니다."

회의실 앞 대기용 의자에 앉아 회의 시작을 기다렸다. 청구 관련 심리자료는 회의 며칠 전 위원들에게 전달했지만, 위원들은 다들 바쁜 사람들이다. 대부분 심리자료를 대충 훑어 보기 마련이니 놓치기 쉬운 부분이나, 강하게 주장해야 할 부분 위주로 부과의 부당성에 대해 진술하면 될 것이다.

'청심환이라도 먹어둘걸…'

두근거림을 뒤로한 채 눈을 감고 내용을 정리했다. 이윽고 회의실 문이 열렸다.

"청구인 들어오세요."

의장의 사회로 회의가 시작됐다.

"간단하게 자기소개 부탁드립니다."

"청구인 ○○○입니다."

"국선대리인으로 선임된 술술이 세무사입니다."

세무대리인으로 소개하는 것보다는 무료로 봉사하는 것을 어필하기 위해 국선대리인이라는 말을 택했다.

"청구주장에 대해 의견진술 부탁드립니다."

가족과 직원들 앞에서 했던 수차례의 리허설.

"말이 너무 빨라요."

"눈 좀 그만 굴리세요."

"손 좀 가만히 두세요."

그동안 견뎌낸 수많은 일침은 모두 오늘을 위한 것이었다. 이 순간만큼은 〈어퓨굿맨〉의 '톰 크루즈'가 되어 보이리라.

의견진술과 위원들과의 문답 등 약 30분에 걸친 회의가 마무리되었다.

"청구인과 대리인은 나가셔도 좋습니다."

그동안의 긴장이 한번에 풀렸는지 다리가 후들거렸다.

"어르신, 고생 많으셨습니다."

인사를 건네며 바라본 청구인의 눈에는 눈물이 살짝 맺혀 있었다. 죄인처럼 맞이한 위원회 회의가 무서우셨을까?

국세심사위원회를 준비하는 내내 '내가 최고의 세무사다'라는 자기 최면을 걸며 최선을 다해 준비했다. 모자란 부분은 진심을 다해 채웠다. 심사위원들에게도 나와 할머니의 마음이 닿았기를 바라며….

5일이 지나 세무서로부터 우편물이 도착했다. 채택·불채택 여부 모두 우편으로 통지하기에 열어보기 전까지 결과를 알 수 없는 상황. 손에 땀을 쥐며 봉투를 뜯었다. 결과는? '채택' 채택은 청구인의 주장이 받아들여졌다는 것이다.

몇 달 같던 10일이었다. 할머니의 호통에 그만두고 싶은 위기의 순간도 있었고 불복에만 전념하다 보니 다른 일을 맡지 못해 금전적 손해도 보았지만, 개의치 않고 후회 없이 최선을 다했다고 자신한다. 그러나 결과가 좋지 않았더라면 그 모든 노력은 아름다운 과정이 아닌 의미 없는 패배로 남았을 것이다. 그렇기에 일이 끝나고 나서도 답답함이 가시질 않고 마지막까지 마음이 조마조마했는데, 좋은 결과를 맞이하니 안구건조증으로 고생 중인 내 눈에도 눈물이 핑 돌 만큼 벅찬 감동이 몰려왔다.

'할머니, 이제 두 다리 쭉 뻗고 주무세요!'

이번 사건은 정말이지 너무나 힘들었습니다. 우선, 명의대여 자체가 조세범에 해당하는 사건이었습니다. 조세의 회피 또는 강제집행의 면탈을 목적으로 자신의 성명을 사용해 타인에게 사업자등록을 할 것을 허락하거나 자신 명의의 사업자등록을 타인이 이용해 사업을 영위하도록 허락한 자는 1년 이하의 징역 또는 1,000만 원 이하의 벌금에 처할 수 있도록 법은 규정하고 있습니다 (조세범 처벌법 제11조 제2항).

이에 더해 추징세액이 거의 5,000만 원에 육박하다 보니 이렇게 중요하고 책임감이 필요한 일이 국선대리인에게 맡겨진 것 자체가 이해가 되지 않았습니다. 할머니와의 대화 난이도는 더 말하면 입만 아프고요. 그런데 6년 동안 단 한 번도 이기지 못한 만년 꼴찌 야구팀 감독이 임기 마지막에 그것도 '명의대여사건'을 승리로 이끈 것이지요. 지금 돌아봐도 만화의 한 장면 같습니다.

그 뒤 어르신께서는 '남편이 하는 개인사업장이 있는데 맡아줄 수 있겠냐'며 연락을 주셨습니다만, 국선대리인으로서의 진정성이 바래지는 게 싫기도 했고, 다시 연락을 주고받는 게 도무지 용기가 나지 않아 감사한 마음만 간직하고 정중히 사양했습니다.

여전히 제 가슴속에 진한 감동으로 남아 있는 국선대리인 이야기였습니다.

블랙홀에서
빠져나오기

'블랙홀.'

아무리 최선을 다해도 도무지 우리에 대한 신뢰가 쌓이지 않는 업체를 부르는 단어다. 때는 8월 초. 8월은 법인세 중간예납 신고납부가 있는 달이다. 이는 작년 법인세의 절반을 미리 납부해 실제 법인세를 납부할 때 세금 부담을 줄이는 제도다(법인세법 제63조). 세금 납부는 회사 자금 운용에 부담이 될 수 있어, 되도록 일찍 안내하고 여유 있게 관련 내용을 조율하고 있다. 법인세 중간예납세액 납부기한은 8월 말까지. 8월 초에 안내하면 대개는 납부에 어려움이 없기에 열심히 중간예납세액을 안내하고 있을 무렵이었다.

"세무사님, 법인세 관련해서는 지난 3월에도 요청했는데 미리 프로세스나 내용을 논의해 주세요. 사전에 이야기 없이 금액을 통보하시니 너무 당황스럽네요."

거래처 대표님의 차가운 목소리에 순간 말문이 막혔다. 일반적인 세금신고 안내는 빠르면 이전 달 마지막 주, 늦으면 월초가 되기 마련이다. 예를 들어, 3월 말이 신고기한인 법인세는 2월 마지막 주에 안내하고 있다. 더 일찍 하면 좋겠지만, 1월에는 하반기 부가세 확정신고가 있고, 2월에는 연말정산을 진행하기에 괜히 법인세 신고를 앞당겨 안내할 실익이 없는 것이다. 더욱이 이번 안내는 신고자료를 받기 위한 절차가 아니라 납부할 세금을 계산해 안내한 것으로, 납부기한까지는 한 달의 여유가 있었다.

또 작년 법인세 절반의 세금이 부담된다면 반기결산을 통해 납부 법인세를 직접 계산할 수 있다고까지 안내한 상황이었다. 안내 시기는 적절했고 진행 방법에 대해서도 충분한 논의가 가능했기에 일 처리가 잘못되었다는 생각은 들지 않았다. 그러나 감정이 섞여 쏘아붙이는 대표님을 보니 괜한 싸움이 될까 싶어 그저 알겠다는 답변으로 통화를 마무리했다.

그런데 그 통화는 시작에 불과했다. 그 뒤로도 업무에 불만이 있는 건지 계정별 원장부터 분개장, 신용카드 매입세액

내역까지 온갖 자료에 대해 흠잡기가 시작되었다. 나중에는 열 곳의 거래처에 쏟을 에너지를 이 한 곳에 쏟아야 하는 그야말로 블랙홀을 마주한 것 같은 지경에 이르렀다.

"설마 계속 그러시겠어요? 조금만 더 해보죠."

직원들의 불만을 어르고 달래가며 조금 더 노력하기를 어느덧 일 년…. 그래도 이렇게 정성을 다하다 보면 언젠가는 업무 진행이 원활히 될 것이라는 희망을 갖고 있었다.

법인 통장을 정리하던 어느 날, 확인이 필요한 거래 몇 건을 정리해 문의 메일을 보냈는데 곧장 전화가 걸려왔다.

"세무사님! 이렇게 하나하나 물어보시면 제가 어떻게 일을 합니까? 그리고 제가 보낸 자료에 나와 있잖아요! 자료 안 보셨어요?"

도깨비가 생각날 만큼 무서운 목소리였다. 통장 정리는 법인 업무의 꽃이라고 여길 만큼 중요한 업무다. 특히 미확인 거래는 놓치지 않고 확인해야만 나중에 있을 법인세 신고에 만전을 기할 수 있다. 그렇기에 미확인 내용을 정리해 문의한 것인데, 설령 보낸 자료를 놓쳤더라도 사람인 이상 실수할 수 있는 법이고, 이에 따른 문제를 예방하기 위해 한 번 더 묻고 확인하는 절차를 거쳤던 것이다.

전화를 끊고 나니 화가 나기보다는 앞으로의 업무에 대한

두려움이 커져갔다. 책임을 다하지 못했다거나 우리 잘못으로 혼이 나는 것은 얼마든지 견뎌야 하고 이를 배움의 기회로 삼아 더 발전해야 한다. 그러나 업무에 최선을 다하려고 문의한 것을 자신에 대한 괴롭힘으로 생각한다면 더이상 열심히 일할 의미가 사라져 버린다. 이 같은 상황에서 다음에 또 이런 내용을 물어볼 수 있을까? 더는 용기가 나지 않았다.

술술이 세무사 사무소 월별 세무관리 계약서 제3조

본 계약의 유효기간은 계약일로부터 1년간으로 하되, 갑 또는 을 일방의 의사로 인해 해약이 가능하며, 해약할 경우 그 해약을 원하는 날에 구두, 서면 또는 문자 등 전자통신 등의 방법으로 통지하여야 한다.

보편적인 기장계약서는 계약기간을 1년, 해약은 3개월 전에 서면으로 통지하게 되어 있다. 그러나 '술술이 세무사 사무소 계약서'의 경우 계약의 해약은 언제든지 원하는 방법으로 가능하다. 사업자의 세금을 다루는 일은 '서로 간의 신뢰'가 없으면 해서는 안 되는 일이다. 그런 상황에서 해약에 이런저런 제약을 두는 것은 있을 수 없다고 생각해 만든 조항이었다. 이런 계약의 해약은 돈을 내는 갑이 을인 세무대리인에게 요구하는 것이 일반적이다. 그러나 이번에는 반대로 을이 갑에게 계약 해지를 요구하는 상황이 된 것이다.

문제는 을의 입장에서 거래처를 내보내는 것이 곧 매출의 감소로 이어진다는 점이었다. 인건비, 월세, 식비 등 먹고사는 문제가 달린 상황에서 수입을 줄이는 선택은 감정만으로 할 수 있는 것은 아니다.

'돈 때문에 이 상황을 견뎌야 할까?'

이럴 때일수록 중요한 가치가 무엇인지 돌아봐야 했다. 내게는 '일을 잘해서 고객에게 인정받는 세무사가 되는 것'이 언제나 최우선이었다. 그러나 이제 더는 내가 일하는 방식으로 대표님에게 인정받을 수 없다는 걸 깨달았다. 그렇다고 돈 때문에 계약을 유지하는 건 그나마 나를 믿고 세무를 맡긴 대표님을 저버리는 것과 다름없었다. 가치의 우선순위를 정리하고 나니 고민이 끝났고, 결국 계약 해지를 통지하는 메일을 썼다.

안녕하세요, 대표님.

먼저 업무에 번거로움을 드려 대단히 죄송합니다.

변명의 말씀을 드리면, 결산 때는 여러 가지를 보다 보니 더러 확인하지 못하는 부분이 있을 수 있습니다. 이런 부분은 서로 자료를 교환하며 맞춰가는 것이 제가 일하는 방식입니다. 그래야 결과가 명확해지고 어떻게 업무가 진행되는지 서로 더 잘 알 수 있어 믿음이 생기기 때문입니다. 또한 나름대로 최대한 빠른 결산을 통해 업체의 의사결정과 향후 세무 진행 방향에 도움을 드리려 하였습니다. 하지만 느끼시기에 부족함이 많았던 것으로 생각됩니다. 앞으로도 제가 일하는 방식에 계속 불편함을 느낄 것으로 생각되어 다음 달을 끝으로 세무 계약 종료를 말씀드립니다.

이후 대표님은 갑작스러운 통보에 놀랐는지 서운함을 전하며 개선 방안을 함께 논의해 보자고 이야기했다. 그러나 일 년이 넘는 인내 끝에 내린 결론이었다. 떠나는 버스를 다시 세울 수 없는 것처럼, 더 이상 할 말이 없었다. 그렇게 나는 블랙홀로부터 빠져나왔다.

술술이 마음

세무사는 자격증 이름 그대로 세무稅務, 곧 세금과 관련된 모든 일을 잘해야 합니다. 세무를 제대로 해내지 못한다면 자격이 없는 것이지요. 대표님은 여러 가지로 우리를 힘들게 했지만, 그 모든 것이 일의 완성도를 높여

가는 과정이라 생각하며 참았습니다. 그러나 통장 거래 확인조차 괴롭힘으로 받아들이는 모습을 보는 순간, 법인세 신고를 잘 해낼 자신이 사라져 버렸습니다. 그런 상황에서는 우리보다 더 잘할 수 있는 다른 세무 전문가를 찾는 것이 대표님과 저희에게 옳은 길이라 판단했습니다.

돌아보면 이런 블랙홀 업체가 한두 곳이 아니었습니다. 그리고 해약이라는 선택지를 마주할 때마다 저 역시 회사를 운영하는 처지에서 옳은 방향인지 깊이 고민하지 않을 수 없었죠. 하지만 해약 후 소화가 잘되고, 다른 거래처에 더 정성을 쏟을 수 있게 된 것을 보면, 역시 어둠에서 나와야 빛을 발할 수 있는 것 같습니다.

드디어 내게도
강의 요청이

아침부터 지하철에 몸을 싣고 성남시로 가는 길. 처음 가는 성남이 이렇게 먼 줄 몰랐다. 하지만 먼 거리도 동네 뒷산처럼 가깝게 느껴지는 기분이 들었다. 바로 강의 요청 미팅이 있기 때문이다.

일주일 전, 한 통의 전화가 걸려왔다. 내용은 사업설명회를 개최하려는데 한 꼭지로 세무 강의를 넣을 예정이고, 그 강의를 나에게 맡기고 싶다는 것이었다. 강사료가 지급되는 것은 아니지만 설명회 참석자 대부분이 병의원 원장 또는 관계자여서 강의가 잘 되면 이를 통한 영업이 가능하고, 지속적인 강의 자리를 마련해 주겠다는 것이 제안의 요지였다.

새로 건축되는 상가들을 보면 '병의원 임대 환영' 같은 현수막이 걸린 걸 많이 볼 수 있다. 병의원이 들어오면 건물의 가치가 올라가고 월세도 밀리지 않기 때문이다. 세무업계에서도 병의원 거래처는 기장료가 높고 밀리지 않는 우량 거래처다. 또 앞서 강의 이야기에서 알 수 있듯 강의는 사람을 모으는 일이 가장 어려운데, 알아서 모아준다고 하니 속는 셈 치더라도 손해 볼 것이 없었다. 단, 관련 미팅을 위해서는 편도 두 시간 거리의 회사를 방문해야 했다.

내가 하고 싶다고 먼저 연락한 것도 아니고, 상대방이 부탁해 오는 처지인데 방문도 내가 해야 한다? 왕복 네 시간 거리를? 심지어 방문하더라도 강의 확정을 장담할 수 없기에 하루를 통으로 날릴 수도 있는 상황이었다. 딱히 할 일이 있는 것은 아니었지만 그래도 '전문자격사'에게 자존심이 상하는 요구…. 하지만! 누가 오고 가는 게 무슨 대수인가. 새로운 영업 루트가 만들어질지 모를 기회였다. 잠깐의 고민 후 알겠다는 대답과 함께 전화를 끊었다.

미팅까지 남은 시간은 일주일. 나 말고 다른 세무사와도 미팅할 것이 뻔하기에, 빈손으로 가서 입으로만 떠든다면 결과가 좋기는 어려울 듯했다. 먼 걸음이 헛걸음이 되지 않으려면 철저한 준비가 필요했다. '만나서 강의하는 모습까지 보여주면 어떨까?' 상대는 단순히 얼굴만 보고 이야기 나누는 자리라 생각하고 있겠지만 미팅 자리에서 강의자료와 함께 강의 능력까지, 곧 '준비된 세무사'라는 모습을 보여준다면 다른 세무사와의 경쟁에서 확실히 우위에 설 수 있을 것이다.

'이왕 가기로 한 거 후회 없이 나를 보여주고 오자!'

그동안 만들어 둔 강의자료가 몇 개 있었지만, 이번 자리는 자영업자의 일반적인 세금이 아닌 병의원에 특화된 강의가 되어야 하기에 새롭게 정리할 필요가 있었다. 특히 병의원 관계자들은 세금 관련된 정보를 다양한 루트로 많이 알고 있어 수박 겉핥기 수준의 내용으로는 망신만 당하기 십상이다. 이를 위해 병의원 거래처가 많은 세무사는 물론 세무공무원, 서너 다리 건너 아는 의사들까지 찾아다니며 병의원의 구미가 당길 만한 내용을 모았다. 또 강의 내용 못지않게 중요한 것이 PPT 디자인이다 보니 밤에는 인터넷에 떠도는 여러 디자인을 참고하며 PPT를 다듬고 또 다듬었다. 그렇게 낮에는 내용 정리, 밤에는 PPT 디자인으로 주경야독한 날들이 계속되었다. 어느새 미팅 전날 밤. 드디어 세무사업의 정수를 녹여낸 강의자료를 완성할 수 있었다.

지하철과 버스를 갈아타며 지식산업센터에 있는 회사 앞에 도착한 건 약속 시간을 2분 넘긴 오전 11시 2분. 때마침 울리는 전화벨 소리. 회사 관계자였다.

"안녕하세요, 술술이 세무사입니다. 방금 도착했습니다."

"네, 곧 나가겠습니다."

잠시 후 마중 나온 이사님과 함께 회의실로 들어갔고 곧이어 부사장님 두 분이 도착해 총 네 사람이 모였다. 서로 가볍게 자기소개를 한 뒤 부사장님 한 분의 주도로 회사 소개가 이어졌다. 회사는 늦어도 내년에는 상장하는 것을 목표로 계획한 것들을 하나하나 진행 중이라고 했다. 만나기 전에 검색으로 대충은 알고 있었지만, 상장 계획까지는 몰랐기에 그 규모가 놀라웠다. 그런데 이런 큰 회사가 왜 하필 서울 변두리에 있는 나에게 연락했을까?

"병의원 전문 세무법인도 많은데, 어떻게 저에게 연락을 주셨어요?"

회사소개가 끝나고 나니 궁금한 부분을 물어보지 않을 수 없었다.

"세무사님 블로그를 보니 병의원 관리나 학회 쪽으로 일을 오래 해오신 것 같아 말씀을 나누고 싶었습니다. 그리고 저희는 규모보다는 내실 있는 분과 함께하고 싶습니다."

세무법인 근무 당시 병의원 관리 내용이나 학회 자문 이력 등을 블로그에 적어두었는데, 그것을 좋게 본 모양이다.

"혹시 다른 세무사님과도 미팅을 하셨나요?"

"저희 일을 봐주는 회계법인의 회계사님과 소개를 받은 세무사님을 만나 뵈었는데, 강사로서는 부족함을 느꼈습니다. 그런데 세무사님은 강의 경험도 있으신 것 같더라고요."

능력 있는 강사에 목이 마른 상황. 준비해 온 강의자료를 꺼낼 생각을 하니 저 멀리 승리의 여신이 옅은 미소를 짓고 있는 것만 같았다.

"알겠습니다. 이번 미팅 때 그냥 뵙기는 그래서 자료를 만들어 왔는데 보여드려도 괜찮을까요?"

"좋습니다."

세무사로서의 인생을 담아낸 강의자료. 드디어 그것을 보여줄 시간이었다. 더불어 적절한 아이 컨텍과 함께 중간중간 웃음 포인트로 청중의 이목을 끌고, 일방적으로 듣기만 하는 것이 아닌 서로 이야기를 주고받으며 자연스럽게 어우러지는 완벽한 강의 또한 이어졌다. 세금 강의는 어렵고 지루하다는 것이 일반적인 생각이다. 그러나 보장한다. 이날 술술이 세무사는 확실히 달랐다.

그렇게 물 흐르듯 끝난 강의. 세 사람의 얼굴을 보아하니 나의 내공에 놀란 모양이었다.

"말씀 잘 들었습니다. 실무적으로 알고 계신 내용이 아주

많네요."

"강의 준비도 많이 하셨고요."

기립박수는 아니었지만 여기저기서 터지는 호평들. '이건 빙산의 일각입니다'라는 말은 꾹 누르고 멋쩍게 웃었다.

"그러면 다음 달에 강의 일정 괜찮으실까요?"

나이쓰! 하지만 뜸 들이지 않고 덥석 문다면 면이 서지 않는 법.

"날짜는 상관없는데 시간과 요일이 중요할 것 같습니다."

"아마도 평일 오후 7시부터 9시 사이가 될 것 같습니다."

"성남에서 하지는 않으시죠?"

"오는 길이 멀죠? 설명회는 강남 부근에서 할 예정입니다."

"알겠습니다. 제가 하고 싶습니다."

1시간 30분에 걸친 미팅이 끝나고 이사님이 챙겨준 회사 제품을 손에 든 채 엘리베이터 앞에 섰다. 지금 머릿속에 드는 생각은 단 한 가지, '해냈다!'

———————————————————————— 술술이 마음

'망했다!' 그날 이후 그 회사로부터 온 연락은 없었습니다. 미팅을 마치고서는 '해냈다!'라는 생각에 온몸 구석

구석 도파민이 흘러넘쳤고, 다음 날에는 강의 일정이 잡
혔다고 이곳저곳에 자랑도 했는데…. 해낸 것이 아니라
'망했다'는 것을 알게 되니 창피함에 몸 둘 바를 몰랐던
기억이 납니다.

'말실수를 했나?' '너무 변두리 비주류 세무사임을 강조
했나?' 선택되지 못한 아쉬움에 한동안 무슨 실수가 있
었는지 되짚어 보기도 했습니다. 일주일 동안 정말 열심
히 준비했는데 말이죠.

다만, 결과는 부끄러울지언정 준비한 과정만큼은 어디
에도 자신 있게 내놓을 수 있는, 조금의 후회도 남지 않
은 시간이었습니다.

2,000만 원짜리
점심

"세무사님, ○○세무서에서 전화 왔는데요?"

"○○세무서요? 무슨 일이지?"

세무서에서 연락이 오면 대부분 좋지 않은 일이기에 '또 무슨 잘못을 했나?' 하는 긴장과 함께 겁부터 먹기 마련이다. 전문가답지 못한 모습에 처음에는 '아직 경험이 부족해서 그렇겠지?'라고 생각하며 시간이 지나면 자연스럽게 극복될 거라 여겼는데…. 세무사를 대상으로 강의를 하는 수십 년 경력의 훌륭한 세무사님도 세무서 전화에는 깜짝깜짝 놀란다는 이야기를 듣고 나니 이는 모든 세무사의 직업병인 것 같다.

'아침부터 무슨 일일까?'

"안녕하세요, 술술이 세무사입니다."

"안녕하세요, ○○세무서 법인세과 ○○○조사관입니다. 주식회사 ○○○ 담당하시나요?"

주식회사 ○○○은 설립 때부터 지금까지 계속 나와 함께 하고 있는 업체다.

"네, 제가 맡고 있습니다."

"○○○○년 법인세 신고자료 중에 '해외현지법인명세서'가 제출되지 않은 것으로 확인되거든요."

몇 년 전 일이라 어렴풋하지만 무언가 크게 잘못되었다는 것은 확실히 알 수 있었다.

"그런가요? 확인해 보겠습니다. 어떤 문제가 있나요?"

"'해외현지법인명세서'를 미제출하면 과태료가 나옵니다."

"과태료 금액이 얼마나 될까요?"

"그게…, 잠시만요."

'해외현지법인명세서'의 과태료 금액은 미제출 서류 건당 1,000만 원이다. 그 무시무시함은 익히 알고 있지만 짐짓 모르는 척하며 과태료 금액을 문의했다.

"1,000만 원이네요."

"1,000만 원이요?"

1차로는 부당할 정도로 과한 과태료 금액을 담당자에게

인지시키고, 2차로는 측은지심이 들게끔 해서 설령 미제출이 맞더라도 해결을 위한 포석을 깔아두려는 생각이었다.

"미제출에 대한 사유가 있으면 반영할 수 있으니, 내용을 확인해 보시겠어요?"

"아이고, 1,000만 원은 너무 큰데요?"

"이게 꼭 부과되는 것은 아니니, 잘 검토해 보시고 연락 주세요."

해외에 단 1주라도 직접투자(은행, 증권사를 통한 간접투자는 제외)를 한 내국 법인(거주자)은 해외현지법인명세, 국가, 투자일, 출자금액, 지분율 등 투자 관련 내용을 정리한 '해외현지법인명세서'를 과세기간 또는 사업연도 종료일이 속하는 달의 말일부터 6개월 이내(일반적으로 6월 말)에 세무서에 제출해야 한다(국제조세조정에관한법률 제58조). 제출하는 서류의 양은 한 장 내지는 두세 장에 불과하지만, 역외 탈세를 방지하기 위해 미제출할 경우 과태료가 서류 건별 1,000만 원(개인의 경우 500만 원)에 이르며 부과 한도는 5,000만 원이다.

  – 해외현지법인명세서(단 1주라도 해외 직접투자 시 제출)
  – 해외현지법인재무상황표(투자금이 1억 원 이상+지분율 10% 이상 or 지분율 10% 이상이며 특수관계가 있는 경우)

‒ 손실거래명세서

‒ 해외영업소 설치 현황표

전화를 끊고 법인세 신고자료를 확인해 보니 ①'해외현지
법인명세서'는 제출하지 않은 게 맞았고 ②주식회사 ○○○은
해외직접투자신고(100% 자회사)를 진행('해외현지법인고유번
호' 발급됨)했으며 ③코로나 등으로 출국이 어려워지면서 투
자금은 송금하지 않았고(영업 미개시) ④이듬해에 투자금을
송금해 이후로는 꾸준히 '해외현지법인명세서'를 제출했다.

결과적으로 '해외현지법인명세서'와 '해외현지법인재무상
황표'를 제출하지 않아 2,000만 원의 과태료가 부과될 수 있
는 상황이었다. 입에 담기조차 무서운 금액, 2,000만 원…. 흰
머리가 10개는 솟아날 것처럼 머리가 지끈거렸다.

다만, 앞서 담당자의 태도에서도 알 수 있듯, 세무서 입장
에서도 2,000만 원에 이르는 과태료를 곧이곧대로 부과하는
것이 능사가 아니다. 과태료를 무분별하게 부과하는 것은 무
지한 납세자에게 너무나 가혹한 처사이기도 하고, 성실한 신
고가 될 수 있도록 안내하고 계도하는 것 또한 국세청의 역할
이기 때문이다.

해외로 송금된 금액이 0원이니 영업이 불가능한 상황이기

도 했고, 해당연도의 '해외현지법인명세서'와 '해외현지법인 재무상황표'를 작성했더라도 자본금이 없어 재무상태표나 손익계산서, 이익잉여금처분계산서에 기재할 금액이 없었다. 송금액이 없으니 역외 탈세 방지라는 법령 취지에도 반하지 않았다. 마지막으로, 코로나 같은 국제적인 천재지변, 곧 불가항력적 상황이 과태료 면제사유(제5호)에 해당할 수 있지 않을까 싶었다.

과태료가 면제되는 사유

(국제조세조정에관한법률 시행령 제148조 제2항)

1. 화재·재난 및 도난 등의 사유로 자료를 제출할 수 없는 경우

2. 사업이 중대한 위기에 처하여 자료를 제출하기 매우 곤란한 경우

3. 관련 장부·서류가 권한 있는 기관에 압수되거나 영치된 경우

4. 자료의 수집·작성에 상당한 기간이 걸려 기한까지 자료를 제출할 수 없는 경우

5. 제1호부터 제4호까지의 규정에 따른 사유와 유사한 사유가 있어 기한까지 자료를 제출할 수 없다고 인정되는 경우

내게는 세무 일을 하며 생긴 지론이 있다. '공짜 배움은 없

다'는 것. 앞으로 1~2억이 나갈지도 모를 일을 2,000만 원으로 막을 수 있다면 얼마나 다행인가? 2,000만 원이면 싸게 배운 것일 수 있다. 만약 운이 좋으면 2,000만 원짜리 가르침을 공짜로 얻을 수도 있는 것이고. 이렇게 마음을 진정시키고 정리를 시작했다.

먼저 미제출한 '해외현지법인명세서' 및 '재무상황표'를 작성하고, 외국환은행에 제출한 해외직접투자신고서 및 이듬해 투자금 송금확인증을 첨부했다. 마지막으로 미제출에 대한 사유서를 한 글자 한 글자 정성껏 써 내려갔다.

해외직접투자는 사전 신고가 원칙이어서 투자 신고를 먼저 했지만, 이후 코로나 등 통제 불가능한 변수가 발생해 국제교류에 큰 어려움이 생기다 보니 해외법인설립이 불확실해진 점. 이로 인해 투자금 송금이 이뤄지지 않아 영업이 미개시되는 등 해당연도에는 투자 신고 외에 사실상 해외현지법인 존재 자체가 유명무실인 상황인 점을 기재했다. 또 정상참작을 바라며 투자금 송금이 이뤄진 다음 연도부터는 꾸준히 '해외현지법인명세서' 등 관련 서류를 제출했다는 점을 추가했다.

"세무사님, 식사하러 가시죠?"

오전 내내 진행한 서류 준비가 마무리되니 어느덧 시계는 점심시간을 가리키고 있었다. ○○세무서는 대중교통으로 한 시간 남짓. 점심 먹고 출발하는 것이 일반적인 선택이겠지만, 행운의 여신은 더 간절한 사람의 손을 잡아주는 것 아니겠는가? 1초라도 빨리 담당자를 만나 직접 자료를 건네야만 진심이 전달될 것 같은 기분이 들었다.

"점심은 같이 못할 것 같습니다."

비장한 각오와 함께 서류 가방을 들고 문을 나섰다.

"팩스나 메일로 보내셔도 되는데 직접 오셨네요?"

○○세무서 법인세과 상담실. 사람 좋아 보이는 중년의 신사분이 인사를 건넸다.

"안녕하세요, 조사관님. 과태료 금액을 듣고 너무 놀라서 직접 뵙고 전달해야 할 것 같아 찾아왔습니다."

"그렇죠? 그게 금액이 참⋯."

"당시 코로나 때문에 투자 신고만 하고 송금은 안 했던 모양입니다. 그렇다 보니 서류를 제출하지 못한 것 같습니다."

"그때 코로나가 심하긴 했죠? 저도 봤더니 그 이후로는 해외 관련 서류는 다 제출하셨더라고요."

"네, 맞습니다."

"내용 확인하고 이상 있으면 연락드릴게요."

"잘 부탁드립니다."

모네의 〈푸르빌의 절벽 산책로〉가 눈앞에 아른거리듯 아름답고 사랑스러운 대화가 끝이 났다. 잠깐의 만남이었지만 서글서글한 인상만큼 배려심 깊은 좋은 분인 것을 알 수 있었다. 안도의 한숨을 내쉬며 자리에서 일어나려는데, 마음속 깊은 곳에서 조그마한 목소리가 들려온다.

'점심 안 먹길 잘했어.'

세무 행정은 결국 사람이 하는 일이다 보니 담당이 누구냐에 따라 결과가 크게 달라질 수 있는데, 당시 참 좋은 조사관님을 만났다는 생각입니다. 전화 목소리에서부터 미안함과 걱정스러운 마음이 전달될 정도였거든요.

이런 경우, 마음이 바뀌기 전에 속전속결! 당일에 반드시 해결하고자 밥도 굶고 번개처럼 달렸습니다. 명함 속 사무실 주소를 보고는 고생스럽게 멀리서 왔다고 팩스로 주지 그랬냐며 안쓰러워도 하셨고요. 그러나 좋게 이야기만 나누고 배드엔딩으로 끝나는 일도 많기에 무언가 장담하기에는 이른 상황이었습니다. 그 후 2년여 시간이 흘러 탈 없이 지금에 이른 것을 보면 잘 마무리되었다는 것이겠죠? 제 사람 보는 눈이 나쁘지 않은 것 같습니다.

해외에 직접 투자한 거래처가 있는 세무사라면 꿈에서
조차 잊어서는 안 되는 '해외현지법인명세서' 에피소드
였습니다.

3장 ——————————

이제야
세무사
입니다

분기별로 매출과 비용을 정리하다 보면 매출액 대비 비용이 현저히 부족한 업체가 눈에 띄곤 한다. 이번에 소개할 업체가 바로 그런 경우다.

– 업종: 기계장치 도매업

– 매출액: 10억 원

– 비용: 4억 원

– 소득금액이 6억 원으로, 무려 50%가 넘는 마진율!

유통업은 일반적으로 원가율이 높아 대부분 마진율이 15%

이하인데, 50%는 너무나 이상한 숫자였다. 이대로 가면 어마어마한 소득세가 예상되는 상황. 급히 전화기를 들었다.

"안녕하세요, 대표님. 지난번 안내한 결산 내용 확인해 보셨나요?"

"대충 봤습니다. 비용이 좀 부족하죠?"

"네, 이대로면 세금이 꽤 많이 나올 것 같아서 걱정입니다. 혹시 빠진 비용은 없을까요?"

"딱히 없네요. 세금이 얼마나 나올까요?"

"현재대로라면 2억 원 이상 예상됩니다."

"2억 원이요?"

전화기 너머로 놀란 기색이 역력했다. 입으로는 쉽게 꺼냈지만 2억 원은 너무나 큰돈이다. 여기서 반전은 아직 지방소득세와 건강보험료는 말하지 않았다는 점. 납부할 세금을 제대로 계산하면 이렇다.

　－종합소득세: 2억 1,536만 원

　－지방소득세: 2,153만 원

　－건강보험료: 4,804만 원

　－총합: 2억 8,493만 원

소득금액 6억 원 중 무려 47.48%가 세금으로 빠져나가는 셈이다. 우리나라의 최고세율은 2011년까지 35%였고, 2012년부터 38%, 40%, 42%를 거쳐 현재 45%다. 불과 10년 사이 10%가 오른 것이다. 가정맹어호苛政猛於虎, 가혹한 정치(세금)는 호랑이보다도 무섭다.

국가 운영을 위한 복지, 치안, 안보 분야에 예산이 많이 들어가는 만큼 이를 충당하기 위한 세금도 늘어나야 하는 것이 맞지만, 열심히 일해서 번 돈 가운데 45%가량을 세금으로 납부해야 한다면 차라리 일을 줄이고 여가를 즐기는 편이 더 나은 것 같다.

"저 그런 큰돈 없어요. 세금 못 냅니다."

급기야 만세를 부르는 대표님. 6억 원을 번 사람이 맞나 싶을 정도로 구구절절한 하소연이 이어졌다. 진짜로 큰돈을 벌었다면 납부할 세금이 많더라도 어느 정도 납득하기 마련인데, 이렇게까지 격한 반응이 계속된다는 게 조금 이상했다. 비용에 특별한 이상이 없다면 혹시 매출이 과다계상된 것은 아닐까?

"매출 내역을 정리해 드릴 테니, 이상이 있는지 확인해 주시겠어요?"

한 시간쯤 지났을까? 헐레벌떡 대표님이 찾아왔다.

"전화로는 설명이 안 될 것 같아 곧장 달려왔습니다."

"잘 오셨어요. 천천히 말씀해 주시죠."

"매출 내역을 보니까 이 세 건은 물건이 안 나갔는데 돈만 받은 건입니다. 그래서 아직 매입처로부터 세금계산서를 안 받았거든요."

일반적으로 법인세나 소득세 매출액은 부가세 매출과 일치하기 마련이다. 그러나 항상 일치할 수는 없는 법. 어디서 차이가 발생할 수 있는지 조문을 살펴보자.

소득세법상 매출 귀속시기

상품의 판매는 그 상품 등을 인도한 날(소득세법 시행령 제48조 제1호)

인도한 날은 납품 계약 또는 수탁 가공계약으로 물품을 납품하거나 가공하는 경우에는 당해물품을 계약상 인도하여야 할 장소에 보관한 날. 다만, 계약에 따라 검사를 거쳐 인수 및 인도가 확정되는 물품은 당해검사가 완료된 날(소득세법 시행규칙 제18조 제1항 제1호)

부가가치세법상 세금계산서 발행시기

재화의 이동이 필요한 경우 재화가 인도되는 때(부가가치세법

제15조 제1항)

재화가 인도되기 전에 대가의 전부 또는 일부를 받고 그 받은 대가에 대하여 세금계산서를 발급하면 그 발급하는 때를 공급시기로 본다(부가가치세법 제17조 제1항).

정리하면, 소득세는 실제 물건이 인도되었는지를 기준으로 매출을 잡고, 부가세는 세금계산서 발행 금액을 기준으로 매출을 잡는 것이다. 아직 인도되지 않은 기계장치 금액을 계산해 보면 대략 4억 원. 이를 매출액에서 차감하면 소득금액이 6억에서 2억 원으로 대폭 줄어든다. 2억 원을 기준으로 재계산한 종합소득세는 5,606만 원가량. 먼저 안내한 소득세 2억 1,606만 원보다 무려 1억 6,000만 원이 감소했다!

"체크한 부분은 소득세법상 매출로 보지 않겠습니다. 그렇게 계산하면 적어도 세금이 1억 원 이상 낮아질 것 같네요."

"그렇습니까? 잘 좀 부탁드립니다."

"사무실에 들어가시면 납품 계약서와 대금 이체 내역서를 보내주시겠어요? 매출에서 빠질 금액이 많다 보니 미리 근거 자료를 만들어 둬야 할 것 같습니다."

일반적으로 부가세와 소득세의 매출액 차이는 소액이라 세금에 있어 영향이 미미하고 거래처에서도 알려주는 경우가 거의 없어 실무상 중요도가 낮다. 그러나 지금처럼 ①마진율이 동종업계 평균에 비해 현저히 차이가 나거나 ②납부할 세금이 받아들이기 어려울 정도로 과다하다면 무언가 이상이 있을 확률이 높으니 깊게 파고들 필요가 있다.

돌아가는 대표님의 가벼운 발걸음을 보고 있자니 '세금 문제로 꽉 막힌 속에는 소화제보다 세무사가 낫구나' 하는 생각이 들었다.

술술이 마음

저는 거래처의 연매출에 따라 기장료를 조정하고 있습니다. 말은 간단하지만 실제로는 어마어마한 부담과 스트레스가 따르는 일입니다. 특히 불경기로 업체 폐업이 잦은 지금, 기장료 인하를 안내하는 것은 쉽지 않습니다. 거래처 입장에서는 작게나마 보탬이 될지 모르지만, 대다수 업체가 매출액이 줄어든 상황에서 인하 금액이 쌓이면 회사 운영에 큰 어려움이 생기기 때문입니다.

반대로 매출액이 오른 업체의 기장료를 올리는 것은 인하하는 것과는 수준이 다른 어려움이 따릅니다. 마치 무에서 유를 창조하는 일이라고나 할까요? 업체 사정을 듣

174

고 금액을 동결하는 경우가 더 많기도 하고요. 묻지도 따지지도 않고 세무사를 바꾸겠다는 분도 있습니다. 이렇듯 기장료 인상이 너무 어렵다 보니 기장료 인하에 앞서 '눈 딱 감고 그냥 넘어갈까?' 하는 유혹이 스칠 때도 있습니다. 하지만 거래처와의 약속이기에 사무실 운영에 개의치 않고 원칙대로 인하 안내를 하고 있습니다. 이 글에 나오는 거래처는 작년보다 매출이 줄어 최근에 기장료를 6만 원가량 인하하겠다고 안내했습니다. 그랬더니 잠시 후 전화가 와서는 이렇게 말씀하시더군요. "세무사님, 그냥 그대로 가시죠? 앞으로 더 잘해주시면 되잖아요."

공짜로 하는 것은 너무나 쉽고 편하지만, 단돈 몇천 원이라도 지출하는 것은 어려운 일입니다. 특히 보이지 않는 무형의 자산에 돈을 쓰는 것은 더 아깝게 느껴지고요. 세무 지식은 인터넷에 널려 있으니 왠지 그 평가가 더 박한 것 같기도 합니다. 그런 상황에서 대표님이 해주신 말은 제게 큰 힘이 되었습니다. 저의 업무와 그 가치를 믿어주셨다는 느낌을 받았다고 할까요? 꿈보다 해몽이라고 단돈 몇만 원 가지고 너무 지나친 해석 같습니다만, 그래도 저는 그렇게 믿고 싶습니다.

세금으로
피워낸 우정

가족이나 친구의 세무를 맡게 되면, 그때부터는 아무래도 예전처럼 마냥 편하게 마주하기 어려운 것이 사실이다. 나 역시 돈보다 사람 관계가 더 중요하다고 생각하기에 지인과는 같이 일하지 않는다는 나름의 원칙을 갖고 있었다. 그러나 유비의 삼고초려처럼 집요한 구애 끝에 하는 수 없이 친구의 거래처를 맡게 되었다. 이 친구는 동네 치킨집으로 시작해 프랜차이즈 법인까지 일궈낸 멋진 녀석으로, 법인에서는 고액의 급여를 받고, 개인 명의의 음식점에서도 소득이 발생해 매년 꽤 많은 종합소득세를 내고 있다.

소득금액은 이자, 배당, 사업, 기타, 근로소득 등 모든 소득금액을 합산해 계산하며(소득세법 제14조 제2항), 합산한 소득 금액이 클수록 적용되는 세율도 6%에서 시작해 15%, 24%, 35~45%까지 높아진다(소득세법 제55조). 절세를 위해 개인사업을 법인으로 전환하라고 여러 번 권유했지만, 세금은 '번 만큼 내는 것'이라며 투철한 애국심으로 납세의무를 충실히 이행하고 있는 것이 문제라면 문제였다.

'나라에 좋은 일 하겠다는데 뭐, 평안감사도 저 싫으면 그만이지.' 말해봤자 입만 아프다는 생각으로 혼잣말조차 접은 지 오래였다. 그러던 어느 날, 간만에 친구를 만나 순댓국을 먹으며 시답잖은 이야기를 나누고 있는데, 친구의 얼굴이 영 편치 않아 보였다.

"무슨 일 있어?"

"아, 네가 전에 말해준 법인 전환 있잖아."

"응. 절대 할 생각 없다고 했잖아?"

"혹시 올해 진행할 수 있을까?"

"올해?"

못 만나는 동안 법인 전환에 대한 고민이 많았는지 급해진 마음이 눈에 보이는 듯했다. 그간 계속 필요 없다고 하다가 이제 와 말하려니 민망하기도 했겠지.

"세금이 너무 많이 나오기도 하고, 막상 해야 한다고 생각하니 빨리 해치우고 싶어서."

"…"

"권리금은 얼마나 나올까?"

"계산을 해봐야 할 것 같은데?"

"부탁할게. 최대한 빨리 진행하는 걸로."

친구가 말한 권리금은 세법에서 말하는 영업권일 것이다. 권리금은 건물주와 관계없이 신규 임차인이 종전 임차인에게 지불하는 일종의 자릿값이다. 기존 개인사업자가 법인으로 전환되면 마치 주머니만 오른쪽에서 왼쪽으로 옮겨간 것처럼 실제 주인은 그대로인 상황이지만, 표면상으로는 임차인이 변경된 것이기에 개인사업자가 신설 법인에 이른바 '권리금'을 청구할 수 있다. 어차피 같은 회사인데 안 받아도 그만이라고 생각할 수 있지만, 세법에서는 '부당행위계산의 부인'이라고 해서 받지 않아도 받은 것으로 간주해 소득금액에 포함하기에 받지 않을 이유가 없다.

부당행위계산의 부인(소득세법 제41조)

특수관계인과의 거래로 그 소득에 대한 조세 부담을 부당하게 감소시킨 것으로 인정될 때는 그 행위 또는 계산과 관계없이 해당 기간의 소득금액을 계산할 수 있다.

단, 특수관계자 간 거래를 할 때 권리금은 대충 감으로 정하는 것이 아니고 법이 정하는 바에 따라 계산해야 한다.

법인 전환 시기를 올해로 가정했을 때 영업권은 다음과 같이 계산할 수 있다.

상속세 및 증여세법 시행령 제59조

[(작년 이익×3+재작년 이익×2+재재작년 이익×1)÷6×50%-올해 순자산×10%]×3.7908

이렇게 계산된 영업권 금액은 신설 법인이 개인사업자에게 지불하고, 개인사업자는 수령 금액에 대해 소득세를 납부해야 한다. 수령 금액은 기타소득에 해당하고, 전체 금액의 40%만 소득으로 계산되어 종합소득세 절세가 가능하다(소득세법 시행령 제87조 제1의2호).

하지만 급할수록 돌아가야 한다. 이럴 때일수록 체하기 십상이니 친구의 급한 마음은 뒤로하고 여러 측면에서 검토해야 했다. 먼저 8월 중순이 넘어가는 이 시점에 법인으로 전환하는 것이 맞을지부터 판단해야 한다. 앞서 설명했듯 종합소득금액은 모든 소득금액을 합산해 계산한다. 그렇다면 법인으로 전환할 때 근로소득+음식점 사업소득+영업권 기타소득을 합산해야 하는 바, 법인에서 받는 급여는 큰 변동이 없을 것이므로 ①8월 중순까지 발생한 '음식점 소득금액'과 '영업권 기타소득금액'을 합한 소득금액과 ②'1년으로 환산한 음식점 소득금액'을 비교해 보면 될 것이다.

8월 법인 전환 가정 시

– 8월까지 결산한 음식점 소득금액 8,700만 원

– 평가한 영업권은 2억 원으로 이 가운데 40%인 8,000만 원이 기타소득금액

– 법인 전환 시 과세되는 종합소득금액은 8,700만 원+8,000만 원=총 1억 6,700만 원

법인 전환 보류 시

– 음식점 예상 소득금액은 1억 3,050만 원(=8,700만 원×12÷8)

당장 법인으로 전환한다면 종합소득금액이 최소 3,000만 원 이상 증가하고, 이로 인한 세금 증가액은 다음과 같다.

– 종합소득세: 1,324만 원

– 지방소득세: 132만 원

- 건강보험료: 292만 원
- 총합: 1,748만 원

절세를 목적으로 한 법인 전환 때문에 되려 '세금폭탄'을 맞을 수도 있는 상황! 내년 초에 법인 전환을 한다면 음식점 소득금액은 거의 없을 것이기에 법인 전환은 잠시 미뤄두는 것이 맞겠다. 이번 건은 음식점의 중간결산과 영업권 평가도 함께 진행해야 했기에 제법 손이 가는 일이었다. 하지만 그 덕에 친구의 돈을 1,700만 원 이상 아끼게 되었으니 얼마나 다행스러운가?

마음이 급하면 숲이 아닌 나무만 보일 때가 있다. 이럴 때일수록 올바른 방향을 제시하는 것이 전문가의 역할이라는 생각을 하며, 기쁜 마음으로 친구에게 전화를 걸었다.

술술이 마음

친구는 원래 규모 있는 세무법인에 세무를 맡기고 있었습니다. 그런데 그곳에서 '종합소득세 납부서'를 5월 말일 밤 10시에 보내준다거나, 연말정산 자료를 제대로 제출하지 않아 가산세가 부과된다거나, 담당 세무사와 도통 연락이 되지 않는 등 일을 엉망으로 하는 바람에(사실, 지금도 그 여파로 세무서에서 연락이 오고 있습니다) '믿을 만한 세무사'를 찾게 되었고, 결국 저에게까지 기회가 온 것입니다.

어느 날 불쑥 친구에게 전화가 와서 세무를 맡기고 싶다고 하더군요. 그간 고민이 많았던 모양입니다. "에이, 친구와는 일 안 한다"며 손사래를 여러 번 쳤지만, 계속되는 부탁에 결국 일을 맡게 되었습니다.

그 결과, 지금은 법인 6개와 개인사업자 1개를 맡긴 우리 회사에 없어서는 안 될 최고 우량 거래처가 되었습니다. 만일 그때 '지인과는 일하지 않는다'며 계속 고집을 부렸더라면 지금쯤 직원들 월급 주기도 힘들었을지 모릅니다. 결국 다 먹고살자고 하는 일인데, 돈 안 되는 자존심만 내세워서도 안 되는 것이고요. 원칙은 경직된 규칙이 아니라, 방향을 잡아주는 유연한 길잡이가 되어야 합니다.

인생이란?

　직원들 모두 세무사회 교육이 있어 혼자 사무실을 지키던 어느 날, 문을 열고 중년의 남자 한 분이 들어왔다.

　"조금 전 전화한 사람인데요. 양도세 맡기러 왔습니다."

　그런데 그날 양도세 전화는 한 통도 받은 적이 없었다.

　"저와 통화한 적이 없는 것 같은데요?"

　"아닌데, 조금 전에 통화했는데요?"

　의뢰인은 다른 세무사 사무실에 전화하고선 인터넷 지도에서 우리 사무소를 찍고 찾아온 모양이었다.

　"이것도 인연인데 그냥 여기서 해야죠, 뭐."

　"알겠습니다. 자료 좀 보여주시겠어요?"

본의 아니게 맡게 된 양도세 신고. 신고 내용은 재개발로 인한 청산금 수령 건으로, 당초 권리가액이 분양가액보다 높게 평가되어 의뢰인은 그 차액만큼 지급받아야 했다.

"세무서를 찾아갔는데 계산이랑 신고는 안 해준다네요?"

"책임 문제가 있어서 세무서에서도 단순 상담 이상은 금지하는 모양입니다."

어려운 내용은 아니지만 일반인이 다루기에는 조금 난이도가 있다. 청산금만 양도대가에 해당하기에 거래금액 자체는 크지 않은 상황.

"내용 잘 확인했습니다. 양도세 신고 수수료는 30만 원입니다. 부가세는 별도고요."

"30만 원이요? 왜 이렇게 비싸요?"

2017년부터 시작된 격변의 양도세법 개정을 겪은 이후부터는 아무리 단순한 양도 건이라도 최소 30만 원을 부르고 있다. 크다고 생각하면 큰 금액이지만 단순 신고 대가가 아니라 세무사의 책임 비용이라는 생각이다. 이후 수수료 금액을 놓고 몇 번의 실랑이가 이어졌다.

"그럼, 25만 원으로 하시죠. 여기가 제 마지노선입니다."

"알겠습니다."

"양도세 계산 후 이상이 없으면 그때 수수료를 받고 신고 진행하겠습니다."

한 푼이라도 아끼려는 의뢰인과 조금이라도 더 받으려는 세무사의 첨예한 대립이 극적으로 타결되었다. 그 뒤 부동산 경기, 내수 침체 등 이런저런 주제로 30분가량 더 대화를 나누고 의뢰인은 사무실을 떠났다.

하던 일을 마무리 짓고 양도세 계산을 진행하던 중이었다.

'어라?'

권리가액보다 취득가액이 더 큰 상황으로 양도차익이 아닌 양도차손으로 계산되었다. 청산금 수령이 되려 손해인 상황이니 당연히 납부할 세금이 없었다. 순간 머릿속이 복잡해졌다. 의뢰인에게 양도세가 없다고 안내하면 의뢰를 취소할 것 같다는 강한 예감이 들었다.

'이거 100%인데….'

다음 날 오전 의뢰인에게 전화를 걸었다.

"안녕하세요, 술술이 세무사입니다. 어제 맡기신 양도세는 납부할 세금이 없습니다."

"그래요?"

의뢰인이 다른 생각을 하는지 살짝 정적이 흘렀다.

"신고하지 않으면 과태료 같은 게 나오나요?"

"아닙니다."

"세무서에서 문제가 될 수 있나요?"

"신고가 원칙이기는 하지만 납부세액이 없으니 큰 문제는 없을 것 같습니다."

"그러면 신고하지 않아도 되는 거죠?"

우려하던 상황이 펼쳐졌다.

"어차피 납부할 세금도 없는데 신고해 봤자네요."

"그러면 신고 의뢰는 취소하겠다는 말씀이시죠?"

"네, 고생하셨는데 미안해서 어쩌죠?"

시간은 빼앗겼지만, 이 또한 받아들여야 한다.

"괜찮습니다. 그러실 수 있죠."

"수수료도 부담스럽고…."

거참, 어제 그렇게 실랑이를 해놓고 다시 수수료 이야기를 꺼내다니 너무 치사했다.

"진짜 신고 안 해도 괜찮은 거죠?"

"그 부분은 제 개인적인 계산 결과니 다른 전문가를 통해 다시 상담받아 보셔도 됩니다."

세무 일을 하다 보면 종종 일은 일대로 하고 돈은 돈대로 못 받는 일이 발생한다. 하지만 그렇다고 더 왈가왈부하고 싶은 생각은 없다.

'신의 없는 사람을 만난 내 죄지.'

세무 업무는 단순히 돈 몇 푼으로 판단해서는 안 된다는 생각이다. 수수료가 아까워 앞으로 자신에게 큰 힘이 될지 모를 인연을 놓친 것이니 안타까운 마음이 들었다. 내 가치가 그 몇 푼보다 작게 평가된 것도 그렇고. 그런데 한 시간 정도 지난 뒤 다시 전화가 걸려왔다.

"아까 양도세 관련해 통화한 사람입니다. 다시 생각해 보니 아무래도 세무사님한테 맡기는 게 나을 것 같아서요."

손바닥 뒤집듯 마음이 바뀐 모양. 하지만 이제는 내 마음이 돌아섰다.

"저는 괜찮습니다. 다른 분한테 의뢰하시죠."

"괜찮다니요?"

"조금 전 대화도 그렇고, 제가 맡기는 곤란하겠습니다."

"왜요? 그냥 신고해 주시면 되잖아요."

"선생님, 저희가 짧게 만났지만 그래도 서로 엄연히 약속한 것 아니겠습니까?"

그렇다. '남아일언 중천금.' 우리는 천금 같은 약속을 한 사이였다.

"저는 그걸 믿고 시간을 들여 양도세를 계산한 것이고요."

"…"

"그런데 선생님께서는 세금이 없다는 말에 금세 마음을 바꾸셨죠."

"그건 그렇지만…. 세무사님이 신고하지 않아도 괜찮다고 하니까."

"그럼, 제가 거짓말이라도 할까요? 이건 '돈 몇 푼 받고말고'가 아니라 '신의의 문제'입니다."

"거참…."

"모쪼록 다른 세무사를 통해서 신고하시면 되니 괘념치 마시죠."

구구절절 옳은 말에 의뢰인은 묵묵부답, 정적이 흘렀다.

"더 하실 말씀 없으시면 전화 끊겠습니다."

전화를 끊으려는 찰나, 의뢰인의 입이 열렸다.

"세무사님 삐졌어요?"

논리로는 이길 수 없다고 생각했는지 '삐졌다'는 표현으로 반격을 시작한 것이다.

"미안해요. 화 푸세요."

그 뒤로는 심심한 사과가 계속 이어졌다. 아버지뻘 되는 분의 거듭된 사과는 겨우내 얼어붙은 나무를 적시는 봄비와도 같았다. 결국, 의뢰인의 진심 앞에 내 마음도 녹아내렸다.

"알겠습니다."

"고마워요, 세무사님."

의뢰인에게 선택지가 없는 것이 아니었다. 한참이나 어린 후배의 꾸짖음이 불편했다면 다른 세무사를 찾으면 그만이었다. 그러나 자존심이 상할 텐데도 끝까지 사과와 함께 고맙다는 인사를 해주어서 나 역시 감사한 마음이 들었다. 다시 보지 않을 것처럼 대쪽같이 마음을 먹었다가도, 돌이켜 보면 미안함과 감사함만이 가득한 것, 이런 게 인생 아닐까?

술술이 마음

신고를 마친 뒤 의뢰인께서는 점심을 먹자고 권하셨습니다. 저도 흔쾌히 응해 다슬기 해장국에 감자전을 맛있게 먹었습니다. 그 후로도 의뢰인은 궁금한 일이 생기면 편하게 연락을 주시고, 저 역시 기꺼이 답변을 드립니다. 수수료 액수를 떠나 그 덕에 평생 곁에 둘 세무사 한 명 생겼다면, 충분히 남는 장사 아닐까요?

문을 두드릴
용기

비가 부슬부슬 내리는 어느 날 점심. 괜히 센치해져서일까. 오래 잊고 지냈던 퇴사 무렵이 문득 떠올랐다.

서른한 살, 퇴사를 결심하고 선배들에게 이야기했을 때 모두 코웃음을 쳤다. 직장인이 많이 하는 거짓말 중 하나가 '내가 회사를 그만두고 말지'라더니, 다들 '어린 녀석이 욱하는 마음에 한마디 하는구나'라고 생각하는 모양이었다.

'그냥 다닌다고 할까?'

바짓가랑이라도 잡아줄 것을 예상하며 한 말이었는데, 별다른 관심을 보이지 않는 주위 반응에 '이게 아닌가?' 싶어 주말 내내 번복을 고민하기도 했다. 그러나 남아일언 중천금이라 하지 않던가. 진지하게 '퇴사'라는 단어를 입 밖으로 꺼낸 이상 아무 일도 없던 것처럼 주워 담는 것은 용납할 수 없는 일이었다. 어리고 철없어 보일 수 있겠지만, 결코 가벼운 사람이 되고 싶지는 않았다.

돌아온 월요일, 다시 한번 퇴사 결심을 밝히자 더이상의 만류는 없었다. 그 뒤로는 차근차근 인수인계를 비롯한 퇴사 준비를 진행했다. 여기에는 그간 관리하던 거래처에 퇴사 소식을 알리는 것도 있었다. 오래 알고 지낸 업체가 많았기에 갑작스럽게 이별을 전하니 코끝이 찡해왔다. 그러나 감성에 젖어 있던 나와 달리 대부분의 거래처는 태연하게 "앞으로 우리 담당 세무사는 누군가요?"라고 물어왔다. 차가운 현실에 금세 정신을 차리고 형식적인 인사를 건넸다.

하지만 진흙 속에서 진주를 찾듯 "저도 함께해야죠. 앞으로 잘 부탁드립니다"라고 말하며 몇몇 분은 부족하기만 한 어린 세무사를 믿고 따라가겠다는 의사를 보여주셨다. 최종적으로 개업에 동참하겠다는 거래처는 여섯 곳, 월 기장료로 따지면 90만 원이었다. 안전한 우리 안에서 살다가 혈혈단신 무시무시한 정글로 나아가야 하는 상황에서 여섯 업체는 천군만마나 다름없었다. 사실 퇴사를 결심하던 모습과 달리 앞으로 먹고사는 문제로 걱정이 태산 같았는데⋯. 월 90만 원의 보장된 수입이 목숨줄처럼 귀하게 느껴졌다.

그러나 안도의 한숨을 내쉬는 것도 잠시, 돌이켜 보면 회사는 내게 사회생활의 출발지이자 세무사로서의 기본을 다지게 해준 뿌리나 다름없었다. 떠나는 마당에 거래처까지 챙겨 나간다는 건 함께한 동료와 믿어준 대표님에 대한 '배신'이나 마찬가지였다. 한편으로는 당장 먹고살 걱정을 하니 그쯤이 뭐가 대수랴 싶기도 하고…. 괜히 말을 꺼냈다가 근로계약서상 '손해배상책임'이 문제로 불거질까 걱정도 되었다.

'말하지 않고 몰래 이관시킬까?'

'괜히 말 꺼냈다가 한 업체도 못 가지고 나가면 어쩌지….'

깊은 고민이 계속되던 어느 날 저녁이었다. 평소 아버지와 특별히 이야기를 나누는 사이는 아니었지만, 그날따라 지푸라기라도 잡는 심정으로 아버지께 넌지시 상황을 말씀드렸다.

"이놈, 그렇게 살면 안 돼. 당연히 말해야지!"

내게 떨어진 건 기대하던 현답이 아닌 천둥 같은 불호령이었다. 자식 사정도 모르고 원칙만 강요하는 고지식한 아버지가 바로 내 아버지였다니….

'아버지가 세무사의 생태를 아세요? 나한테는 지금 목숨이 걸린 일이라고요. 맨땅에 헤딩하다 망하기라도 하면 그때는 아버지가 책임지실래요?'

목구멍으로 넘어오려는 말을 참으며 아버지의 일방적인 꾸지람과 함께 식사 자리가 끝났다. 그러나 뒤돌아 곱씹을수록 아버지 말씀은 틀린 게 하나 없었다. "검은 머리 짐승은 거두는 것이 아니다"라는 속담이 있듯 돈까지 쥐가며 사람을 만들어 놨더니 이제는 곳간을 털 생각이나 하고. '배은망덕'이 딱 나를 두고 하는 이야기였다. 더불어 고지식한 이야기라며 한 귀로 흘렸던 '원칙'이야말로 살아가는 데 반드시 지켜야 하는 가치라는 생각이 들었다. 그렇게 생각하니 '소중한 인연 그리고 회사 생활의 추억'을 돈 몇 푼과 맞바꾸는 것은 있을 수 없는 일이었다.

'돈에 눈이 멀었었구나. 당장 어려움은 있겠지만 그래도 도리를 다하자.'

며칠간 생각을 정리하고 마음의 준비를 마쳤다.

똑똑똑.

함께하겠다는 의사를 밝힌 업체 명단과 기장료가 적힌 서류를 들고 대표님 방문을 두드렸다.

"이번에 거래처에 퇴사 인사를 드렸더니 몇 개 업체가 같이할 수 없겠냐고 물어와서, 먼저 대표님께 상의드리려고 찾아왔습니다."

"그래? 됐어, 가봐."

"?"

대표님은 손을 휘휘 저으며 어서 자리로 돌아가라는 손짓을 하셨다.

"가서 일 봐."

몇 주 동안의 고민 끝에 큰 용기를 낸 것이 무색하게 대표님은 조금도 개의치 않고 담담하게 후배 세무사를 응원해 준 것이었다. 방에서 나와 자리로 돌아가는 짧은 시간 동안, 그간의 고생이 녹아내려서일까? 눈시울이 뜨거워졌다. 어려운 상황에 놓였을 때 도망치지 말고 용기 내서 맞서야 한다는 걸 배운 술술이. '술술이 세무사'가 어제보다 훌쩍 커 보인 것은 나 혼자만의 생각은 아닐 것이다.

———————————————————— 술술이 마음

서른 즈음인 어린 나이. 생각은 얕고 걱정은 많았죠. 더욱이 저에게는 목숨이 걸린 일이다 보니 거래처 이관과 관련해 정말 심각하게 고민했습니다. 결국 '긁어 부스럼 만들지 말자'라며 이야기하지 않는 쪽으로 결론을 냈고요. 하지만 우연히 나눈 아버지와의 대화 덕에 용기를 내어 대표님께 말씀드릴 수 있었습니다. 그리고 대표님

은 제 좁은 생각보다 훨씬 멋진 분이셨습니다. 업체 수
도, 기장료도, 뽑아간 종이도 보지 않고 귀찮다는 듯 "가
서 일 봐"라고 하셨죠. 그렇게 밀알이 된 업체 덕에 지금
까지 용케 망하지 않고 세무 일을 계속할 수 있었습니다.
대표님은 제게 은인이십니다. 조만간 대표님을 찾아뵙
고 다시 한번 감사 인사를 드려야겠습니다.

어른의

품격

따르릉.

"안녕하세요. 비영리법인 상담도 가능한가요?"

오랜만에 걸려온 반가운 상담 전화였다.

"저는 ○○학회사무국 담당자입니다. 학회 운영에 있어 전반적으로 세무 업무를 봐주실 세무사님을 찾고 있습니다."

비영리법인 세무에 관심이 많아 블로그에 이것저것 정리해 올렸더니 그것을 보고 전화를 준 모양이었다. 비영리법인은 규모가 작은 경우가 대부분이고 고정 수입이 없거나 많지 않기에 세무사를 컨택하는 경우가 흔치 않다. 들어보니 해당 학회는 회원이 많고 여러 사업을 진행할 예정이라 세무 분야를 첫 단추부터 제대로 끼우고 싶어 했다. 궁금한 내용이 많은 듯해 우선 메일로 소통하고, 이후 이사진과 미팅하는 것으로 통화를 마쳤다.

'나이스!'

학회 자문 세무사로 경력이 쌓이면 명함에 한 줄 넣기도 좋고, 회원들과 교류가 생기면 자연스럽게 영업이 될지도 모른다는 청사진이 그려졌다. 좋지 않은 경기, 거래처 폐업이 많은 상황에서 찾아온 천재일우의 기회였다!

'최선을 다해보자!'

며칠 후 받은 메일에는 비영리법인의 세무 전반과 더불어 실무에 이르기까지 상당히 많은 문의가 담겨 있었다. 세법을 어느 정도 아는 분인지, 아는 만큼 많이 고민한 흔적이 엿보였다. 특히 학회의 교육사업이나 교재 발간 등 수익사업 관련 문의가 많았는데, 이런 부분은 회원과의 신뢰와도 밀접한 관련이 있기에 일단 방향을 정했다면 다시 바꾸기 어려운 사안이었다. 처음부터 명확하게 안내하지 않으면 창피를 당하는 선에서 끝나는 것이 아니라, 학회 운영에 심각한 악영향을 미칠 수 있기에 보다 신중한 접근이 필요했다.

살얼음판을 걷는 것처럼 마냥 긴장이 되었지만, 한편으로는 승부욕이 타올랐다. 수많은 세무사 중에서 내게 연락한 것

198

이 행운이었다는 걸 증명하고 싶었다. 이를 위해서는 단순하게 단답형 회신으로는 부족했다. 더 확실한 답을 주기 위해 최신 개정 사항이 반영된 10만 원가량 되는 실무서를 구입해 정독했고, 책에서 알 수 없는 내용은 한국세무사회나 한국세무사고시회 등 비영리학회에 몇 번씩 물어가며 방법을 확인했다. 그렇게 꼬박 일주일이 걸려 답장을 보낼 수 있었다. 그러나 역시 세상일은 쉽게 풀리지 않았다.

"학술대회 일정이 잡혀 여기에 신경을 쓰다 보니 약속을 잡기가 어렵네요."

학회 내 각종 행사 때문에 미팅은 계속 미뤄졌고, 어느새 두어 달이 훌쩍 지나 있었다. 중간중간 새로운 문의에 답하며 연락은 이어갔지만, 처음 메일을 주고받을 때 느꼈던 기대와 긴장감은 이미 사라진 지 오래였다. 대신 그 빈자리를 채운 것은 빨리 나를 증명해 보이고 싶다는 간절한 마음뿐이었다. 그러던 중 반가운 전화가 왔다.

"다음 주 월요일 2시로 이사진들과 미팅을 확정했습니다."

드디어 때가 되었다.

미팅 당일. 아침 일찍 미용실에서 머리를 만지고, 전날 다려 둔 정장을 차려입었다. 마음만은 전쟁터로 나서는 군인과 다르지 않았다. 목적지는 강남의 학회 사무실. 계속된 메일과 통화로 친근해진 사무국 직원과 학회이사 두 명이 마중 나와 있었다.

"회장님은 일이 있어서 조금 늦는다고 하십니다."

"알겠습니다."

가벼운 인사를 나눈 뒤에는 나의 독무대였다. 차곡차곡 쌓아둔 비영리법인 세무 노하우를 풀어놓는 것으로 시작해 이사들의 질문에도 막힘없는 답변을 내놓았고, 특히 관심이 컸던 수익사업 부분은 당장 이대로 시작해도 문제가 없게끔 정리해 주었다. 시원시원한 진행에 이사들 눈빛이 반짝거리고 있을 즈음, 남색 양복을 말끔히 차려입고 머리를 단정히 매만진 멋진 노년의 신사 한 분이 입장했다. 학회 회장이었다.

"안녕하세요!"

회장의 목소리에는 남다른 자신감과 에너지가 묻어났다.

'기세가 좋은 분이네….'

이후 회장을 포함한 임원들과의 대화는 앞서 한 이야기를 정리하는 정도로 마무리했고, 그 뒤로는 시답잖은 잡담이 이어졌다. 어차피 계약은 실무진이 맡을 것이고 회장은 결제만 할 것이기에 마지막 인사 정도로 미팅을 마무리하는 것이 자연스러운 흐름이었다.

'미팅이 곧 끝날 것 같은데….'

그런데 의아하게도 미팅 막바지까지 세무 계약에 대해 말 한마디 나오지 않았다. 다급해진 마음에 먼저 입을 열었다.

"앞으로 세무 계약은 어떻게 진행하실 건가요?"

사무국 직원도 초조했는지 조심스럽게 말을 보탰다.

"나눠드린 출력물을 보면 '세무비용 보수표'가 있습니다."

말없이 보수표를 훑는 회장. 이윽고 입이 열렸다.

"세무사님, 우리 학회는 생긴 지 얼마 안 되었고 수입도 없 는데 공짜로 해주면 안 돼요?"

'공짜?'

순간적으로 머리를 얻어맞은 기분이 들었다. 조금 전까지 열정적으로 이야기를 쏟아내던 때와 달리 쉽사리 입이 열리 지 않았다.

"…"

"보면 할 일도 없어요. 어려우면 좀 돕고, 잘되면 더 내고 그러는 것 아닙니까?"

농담인지 진담인지는 모르겠으나, 두어 달가량 아무런 대 가 없이 자문 세무사처럼 학회 문의에 답하고 자료를 정리했 으며, 이제 그 내용을 발표하기 위해 먼 길을 마다하지 않고 방문한 손님에게 쉽게 할 수 있는 말은 아니었다. 아무리 인생 선배고 사회에서 얼마나 대단한 사람인지는 몰라도 사실 오늘 처음 본 사이 아니겠는가?

말문이 막히고 얼굴이 굳어 쉽사리 대답하지 못하는 사이, 내 마음을 눈치챈 이사들이 분위기를 풀어보고자 정적을 깨는 농담을 던졌다. 도무지 제정신을 차리기 힘들었지만 그래도 연기하듯 어색한 웃음을 지었다. 그렇게 공허한 웃음만 남긴 채 세무 계약은 곧 있을 이사회 회의에서 재논의하는 것으로 마무리되었다.

돌아가는 길, 이사 한 명과 함께 탄 엘리베이터 안.

"회장님이 저희 업계에서는 입지전적인 분이에요. 이 건물도 회장님이 세우셨고요."

"아, 네…."

이사는 느닷없는 이야기를 꺼냈다.

'그게 나랑 무슨 상관인데요?'라는 말을 꾹 참고 고개만 끄덕였다.

계약이 무산되는 건 이미 여러 번 경험한 터라 이제는 놀랍지도, 실망스럽지도 않다. 그러나 회장이 보인 무례함은 나의 자존감, 나에 대한 존중과 연결되는 문제였다. 내 가치가 정면으로 폄하당하는 상황에 아무 말도 하지 못한 스스로가 한심했다.

'왜 아무 말도 하지 못했을까. 차라리 넉살 좋게, 능청스럽

게라도 받아쳤더라면….'

한없이 을이 되어버린 신세가 처량하고 서글프게 느껴지는 하루였다.

———————————————————— 술술이 마음

이후 사무국 직원으로부터 계약을 하면 어떤 서비스를 받을 수 있는지 자료로 만들어 보내달라는 연락이 왔습니다. 답답함이 채 가시지 않은 상황이라 하소연이라도 할 겸 직원에게 전화해 당시 느꼈던 감정과 잘못된 점에 대해 털어놓았죠. 직원은 "회장님이 농담하신 거니 신경 쓰지 마시라"고 이야기했지만, 사실 직원에게 이야기한들 무슨 소용이 있겠습니까? '종로에서 뺨 맞고 한강에서 눈 흘긴다'가 딱 제 모습이었죠.

이날의 내상이 얼마나 심했던지 억울했던 감정이 일주일 이상 이어진 기억이 납니다. 회장 앞에서 한마디도 하지 못한 모습이 자꾸 떠오를 정도로 후회가 깊게 남았죠. 하지만 공은 공, 사는 사. 돈 안 되는 자존심은 미뤄두고 먹고사는 문제를 해결하기 위해 요청한 자료를 만들어 보냈습니다. 메일 말미에는 '문의 사항이 있으면 편하게 연락 달라'는 메시지도 적었죠. 하지만 더 이상 연락은 없었습니다.

그 뒤 '전 직장 대표님'을 오랜만에 찾아뵈었는데요(이전 에피소드에 나오는 그분이 맞습니다). 지난 일들을 말씀드리다 보니 자연스럽게 이번 사건도 나오게 되었습니다. 다시 한번 그때의 감정에 빠져 흥분해 있던 저를 보고 대표님은 허허 웃으며 말씀하시더군요.

"'공짜로 해드리면 회장님은 저에게 뭘 해주시겠습니까?'라고 말하지 그랬어?"

대표님은 그 순간을 모욕이 아닌 협상의 기회로 삼으신 겁니다. 정말 최고의 판단이었습니다. 입을 다물어 두어 달의 노력을 물거품으로 만들기보다 여유롭게 받아쳐 줄 건 주되 취할 건 취하는 태도. 아직 자존심만 앞선 저에게 꼭 필요한 가르침이었죠. 그리고 어른을 어른답게 만드는 것은 명함에 적힌 직함이 아니라, 그에 걸맞은 마음 가짐이라는 것도 대표님을 보며 다시금 배웠습니다.

납세자를
지키는 법

    '국세심사위원회'가 열리는 날. '국선대리인' 때의 부담감과는 달리 마음이 한결 가볍다. 바로 '국세심사위원'에 위촉되었기 때문이다. 변호사를 하다가 배심원이 된 기분이랄까. 심리자료를 꺼내 다시 한번 꼼꼼히 검토한 뒤 세무서로 향했다. 위원회는 의장인 세무서장의 주도로 시작되었고, 간사의 개략적인 안건 설명이 이어졌다. 안건을 정리하면 이렇다.

청구인

1. 서울에 1주택과 시골에 '농어촌주택' 1채, 총 2주택을 보유

2. 농어촌주택의 경우 주택 수 계산 시 제외되는 것으로 인지

3. 서울 1주택을 양도하며 1세대 1주택 비과세로 양도소득세를
   신고

처분청

1. 양도일로부터 4년 경과한 시점. 세무서 확인 결과 당 농어촌
   주택은 조세특례제한법 요건을 불충족

2. 다주택자의 양도로 보아 양도소득세를 재계산, 가산세 포함
   총 1억 원가량의 세금을 과세 예고 통지

농어촌주택(조세특례제한법 제99조의4)

아래의 요건을 충족하는 주택은 1세대 1주택 비과세 주택 수 계
산 시 주택 수에서 제외한다.

① 2003년 8월 1일 이후 취득

② 읍, 면 또는 대통령령으로 정하는 동에 소재할 것

③ 수도권, 도시지역, 조정대상지역, 허가구역 등에 위치하지 않
   을 것

④ 거래금액이 3억 원 이하일 것

국세심사회의는 세법에 대한 무지나 해석 실수 등 청구인
의 잘못으로 발생한 일이 대부분이다. 이번 건도 농어촌주택

이 아닌 것을 농어촌주택으로 착각해 발생한 일이었다.

"청구인과 처분청은 입장해 주십시오."

간사의 말이 끝나자 청구인과 처분청 담당자가 입장했다. 청구인은 연세가 많이 들어 보이는 분이었다. 의자에서 일어나 떨리는 목소리로 자신을 소개하셨고, 소개를 마치곤 손수건으로 조용히 눈가를 훔치셨다.

국선대리인 경험에 비춰보면 청구인으로서 국세심사회의에 참석하는 것은 두렵기 그지없다. 의견 진술과 더불어 위원들의 질문 세례로 정신이 쏙 빠지고, 추궁이라도 당하면 마치 죄인이 된 기분까지 든다. 청구인은 노년에 귀향을 계획하며 10여 년 전 ○○읍 ○○리에 주택 1채를 취득했다. 거래금액도 5,000만 원 이하로 투기 목적은 보이지 않았다. 그런데 해당 지역은 매수 7년 전에 이미 도시지역(제2종일반주거지역)으로 지정된 상태였다. 청구인의 안쓰러운 모습을 보니 심사위원이기보다는 세무대리인의 눈이 되어 어디서부터 문제가 생겼을지 되짚어 보았다.

1. 농어촌주택 취득 당시 '도시지역' 여부를 미확인

2. 서울 주택을 양도하기 전 전문가와의 상담 미진행

3. 양도세 신고를 청구인이 직접 진행

4. 양도 후 4년 경과에 따른 가산세 약 3,000만 원 추가 부과

1번의 경우, ○○읍 ○○리의 주택이 도시지역에 위치했으리라고 누구도 생각지 못했을 것이다. 3번, 1세대 1주택 비과세 신고는 어렵지 않으니, 세무서에서 조사관의 도움을 받아 직접 신고하는 것이 편했을 수 있다. 하지만 2번, 돈을 조금 지불하더라도 세무사에게 유료 상담을 받아봤으면 어땠을까? 농어촌주택은 거래 금액이 크지 않을 것이기에 차라리 이를 먼저 정리하고 서울 주택을 양도하는 식으로 시기 조정과 관련한 절세 컨설팅을 받았다면 세금폭탄은 막을 수 있었을 것이다. 마지막으로 4번, 세무서에서 조금이라도 더 빨리 이를 확인해 줬더라면 납부 지연으로 인한 가산세가 지금보다 훨씬 줄었을 것이다. 30분가량 이어진 의견 진술이 끝나고 청구인과 처분청 담당자가 퇴장했다.

이제 위원들과의 회의 시간이다. 국세심사회의를 거듭할수록 드는 생각은 청구인이 이기기가 너무 어렵다는 것이다. 국세심사위원은 모두 7명인데, 3명의 내부위원은 세무서 직원으로, 4명의 외부위원은 세무사, 회계사, 변호사 등 세법 전문가로 구성된다. 청구인이 이기려면 7명의 심사위원 중 최소 4명에게 인용을 받아야 하는데, '가재는 게 편'이라는 속담

처럼 3명의 내부위원에게 인용을 받기란 상당히 어렵다. 그렇다면 이를 제외한 4명의 외부 위원에게 모두 인용을 받아야만 이길 수 있다는 말이다. 하지만 안타깝게도 대부분의 국세심사회의가 법의 다툼보다는 명백한 청구인의 실수에 기인하다 보니 외부 위원을 설득하는 게 매우 어려운 것이 현실이다.

이번 안건도 만약 이전의 나였다면 '잘못했으면 세금을 내셔야죠. 뭘 잘했다고 불복까지 하셨습니까?'라며 청구인을 조세범이라 생각하며 당연히 기각했을 것이다. 그러나 언젠가 연세 지긋한 청구인에게 심리자료에 나온 법조문을 읊어보라는 심사위원을 본 이후 그 생각이 크게 바뀌었다. 초등학생에게 국어책 읽히기도 아니고, 무슨 자격으로 그런 것을 회의 시간에 시킨단 말인가? 간혹 '자료상' 같은 악의적 조세범도 있겠지만, 사실 대부분의 청구인은 그냥 동네 주민이다. 단지, 세법이 어려워 법에서 정한 절차를 지키지 못했을 뿐이고, 잘못을 바로잡기 위해 지푸라기라도 잡는 심정으로 불복에 이른 것이다.

간단한 사안이다 보니 회의는 금방 끝이 났다. 배부된 심사 용지에는 '인용, 일부 인용, 기각' 세 개의 선택지와 의견 작성란이 있다. 곧이어 모든 위원의 투표가 끝나고, 이를 취합한 의장이 결과를 발표했다.

"이번 심리안건은 불채택되었습니다."

법 위반이 명백했으니 예정된 결과였다.

짧게 인사를 건네고 회의장을 나서는 길. 조세 정의는 지켜졌지만 내게 떠오르는 것은 '청구인의 떨리는 목소리와 눈물'이었다.

술술이 마음

처음 위원이 되었을 때는 정의를 집행하는 재판관이라도 된 듯 엄격한 태도로 회의에 임했습니다. 무슨 대단한 감투 하나 썼다고 말이죠. 국선대리인으로 활동할 때만 해도 청구주장이 받아들여지길 바라는 간절한 마음이었는데, 그런 마음은 온데간데없어진 것이죠. 자리가 사람을 만든다더니 제가 딱 그랬습니다.

사실 세무사라는 직업 자체가 세법의 확대 해석, 임의 해석을 지양하고 되도록이면 보수적으로 판단하다 보니 심사 때마다 뜨거운 가슴이 아닌 차가운 머리로만 접근하는 경향이 있습니다. 어떤 때는 이름만 외부 위원이지 내부 위원보다 더 엄격한 기준을 들이대기도 했고요. 실제로 내부 위원이 더 융통성 있는 태도를 보이기도 했습니다.

그렇게만 마음을 먹으면 시간을 내 회의를 하거나 의견 진술을 들을 필요가 없습니다. 법조문 위반 사실 하나로 판단해 무조건 기각하면 되죠. 하지만 국세심사위원회와 외부 위원이 존재하는 이유가 단순히 법조문을 확인하기 위해서는 아닐 것입니다. 같은 납세자 입장이 되어 청구인의 목소리에 귀 기울이고, 억울한 사정을 살피며, 도움이 되는 방법을 함께 고민하는 것. 그것이 국세심사위원회의 목적이고 외부 위원의 역할이라고 생각합니다. 존경하는 세무사님의 말씀으로 글을 마칩니다.

"세법은 납세자를 지키는 법이다."

배움에 따르는
대가

종종 사전 연락 없이 방문하는 손님이 있다. 일명 로드 손님. 지나가다 간판을 보고 들른 경우다. 이번 의뢰인은 연립주택의 증여세 신고를 의뢰하러 왔다.

- 기준시가: 2억 원
- 전용면적: 55.33㎡

빌라나 아파트 같은 공동주택을 증여할 때는 증여가액을 평가하는 것이 가장 중요하다. 공동주택가액은 시가로 평가하는데, 증여일 전 6개월, 후 3개월 이내에 유사한 다른 재산이 거래되었다면 그 금액을 시가로 본다(상속세 및 증여세법 시행령 제49조 제4항).

등기부등본상 등기접수일은 5월 15일로 이날을 기준으로 전 6개월, 후 3개월 이내에 단지 내 유사한 주택의 거래가 있으면 이를 시가로 볼 수 있는 것이다. '국토교통부 실거래가 공개시스템'을 통해 확인해 보니 단지 내 2월 12일 매매가액이 2억 8,000만 원으로 거래된 내역이 있었다. 해당 유사재산의 기준시가는 1억 9,700만 원, 전용면적은 $54.25 m^2$였다. 완전히 일치하지 않지만 ±5% 이내에 들어오면 시가로 인정한다.

상속세 및 증여세법 시행규칙 제15조 제3항 제1호

가. 평가대상 주택과 동일한 공동주택단지 내에 있을 것

나. 평가대상 주택과 주거전용면적의 차이가 평가대상 주택의 주거전용면적의 100분의 5 이내일 것

다. 평가대상 주택과 공동주택가격의 차이가 평가대상 주택의 공동주택가격의 100분의 5 이내일 것

이후 증여자와 수증자의 가족관계 여부 및 소급해 10년 내 다른 증여재산이 있는지 등을 판단하면 증여세 신고에 어려움은 없다. 의뢰인은 예상 증여세액을 궁금해하고 있기에

계산 후 금액을 안내하면 상담이 마무리되는 상황이다. 그런
데 의뢰인이 가져온 취득세 납부영수증이 자꾸 눈에 들어왔
다. 평소라면 취득세는 증여세를 신고할 때 고려 대상이 아니
기에 관심을 두지 않는다. 하지만 이번에는 달랐다. 취득세 납
부영수증에 기재된 과세표준 금액이 3억 300만 원으로 증여
가액보다 2,300만 원이 더 많았던 것이다. 그동안 증여 시 취
득세 과세표준은 기준시가를 적용했지만, 지방세법의 개정으
로 2023년 증여분부터는 시가를 과세표준으로 한다(지방세법
제10조의2 제1항).

　일반적으로 지방세법은 국세 기준을 따라가기 마련이기에
취득세 과세표준도 증여세법상 평가기준에 맞게 2억 8,000만
원으로 계산되어야 할 것 같았다. 내 추측이 맞다면 과오납부
된 세금은 87만 원가량으로 적지 않은 금액이었다.

　"취득세를 조금 더 내신 것 같은데요?"

　"얼마나 될까요?"

　"87만 원 정도입니다."

　"그래요?"

　취득세를 돌려받을지도 모른다는 생각에 의뢰인의 얼굴에
는 금세 화색이 돌았다.

　"등기 업무를 처리하셨던 분과 통화할 수 있을까요?"

등기 업무를 진행한 법무사 사무소에 확인해 보니 구청에서 알려준 금액을 그대로 반영했다고 했다. 만약 구청에서 과세표준을 잘못 산정했다면 수정신고로 돌려받을 수 있는 상황인 것.

"진짜 돌려받을 수 있으면 좋겠네요."

"그러게요. 구청 담당자랑 통화부터 해보겠습니다."

좋은 결과를 기대하며 구청 재산세과에 전화를 걸었다.

"'유사매매사례가액'을 조회해 보면 2억 8,000만 원이 가장 최근에 거래된 금액인데, 취득세 과세표준은 3억 300만 원으로 계산되었습니다."

"그래요? 확인해 보고 연락드리겠습니다."

얼마 후 다시 걸려온 전화.

"확인해 봤는데, 3억 300만 원은 작년 8월에 거래된 금액이고요. 이 금액이 과세표준이 맞습니다."

단호한 답변이었다. 실제로 실거래가 공개시스템에서 작년 8월 거래된 3억 300만 원을 확인할 수 있었다.

'그런가?'

어차피 내 역할은 증여세 신고로 끝나는 것이다 보니, 구청에서 맞다고 하는데 아니라고 더 우길 필요는 없었다. 더욱이 의뢰인을 앞에 두고 여유롭게 세법 연구를 할 수도 없는 노릇. 의뢰인께는 "구청에서 그렇다니 맞지 않겠느냐" 하는 정도로 이야기하고 진행을 마무리했다.

쌓인 업무를 정리하며 일주일 정도 시간이 흘렀을까? 돌아가는 의뢰인의 아쉬워하는 뒷모습이 계속 눈에 밟혔다. 지방세는 대개 국세를 따라가기 마련인데, 증여일 전 6개월을 훌쩍 넘겨 10개월 전의 거래 내역으로 시가를 삼은 것 그리고 구청 담당자의 말을 의심 없이 곧이곧대로 믿은 것이 만족스럽지 않았다. 호기심을 해결하기 위해 지방세법을 확인해 보고 싶어졌다. 만약 내 예상이 맞다면 의뢰인께 기쁜 마음으로 연락을 드릴 수 있을 터.

내용을 확인해 보니 매매금액, 감정가액, 공매가액 등의 경우 취득일 전 6개월부터 취득일 후 3개월 이내의 기간을 평가기간으로 하지만 '유사매매사례가액'만은 취득일 전 '1년부터' 신고납부기한의 만료일까지를 평가기간으로 하고 있었다(지방세법 시행령 제14조 제5항).

헉…. 증여세법의 '전 6개월'과 달리 지방세법은 그 범위가 '1년 내'였던 것이다. 그래도 작년 8월보다 올해 2월이 더 가깝기에 2억 8,000만 원으로 평가금액이 되어야 하는 것이 아닐까? 실낱같은 희망을 걸고 다시 지방세법을 검토했다.

지방세법 시행규칙 제4조의3 제4항 제1호 단서조항

다만, 다음 각 목의 요건을 모두 충족하는 다른 공동주택이 둘 이상인 경우에는 산정 대상 공동주택과 공동주택가격 차이가 가장 적은 다른 공동주택으로 한다.

상속세 및 증여세법 시행규칙 제15조 제3항 제1호 단서조항

다만, 해당 주택이 둘 이상인 경우에는 평가대상 주택과 공동주택가격 차이가 가장 작은 주택을 말한다.

위 조항은 지방세와 국세가 동일하다. 평가기간 내 유사매매사례가액이 여러 건 있는 경우 가까운 기간을 기준으로 하지 않고 공동주택가격 차이가 덜 나는 거래 물건으로 평가금액을 정하는 것이다.

  - 작년 8월 거래 기준시가 2억 원
  - 올해 2월 거래 기준시가 1억 9,700만 원

증여 물건의 기준시가는 2억 원으로 작년 8월분과 찰떡같이 맞았다. 거의 모든 취득세는 등기 업무와 함께 진행되기에 세무사가 관여하는 일이 거의 없다. 그렇다 보니 개정 사실만 알고 있었지, 세부 규정은 모르고 지나친 것이 사실이었다. 역시 공짜 배움은 없다. 의뢰인에게 설레발 쳤던 기억이 떠올라 얼굴이 화끈거렸다. 이번 대가는 '쪽팔림'이었다.

의뢰인이 돌아갔을 당시만 해도 취득세 환급에 자신이 있었습니다. 증여세와 취득세 평가기간에 차이가 있을 거라고는 상상조차 못했죠. 취득세 평가기간이 1년 내인 것을 알게 되었을 때도 마찬가지였습니다. 아무리 봐도 작년 8월 거래가액보다 올해 2월 거래가액이 더 시가에 근접한다는 생각이었거든요. 글에서는 생략했지만 당시 구청 담당자와 여러 번 통화했는데, 당시 담당자가 제 주장에 바로 답변하지 못하고 머뭇거리는 모습을 보였기에 더 신이 났습니다.

"이번 기회에 동네 주민분 제대로 한번 도와드리겠다"라는 말까지 해가며 직원들 앞에서 호언장담했고요. 며칠 뒤 구청으로부터 팩스 한 장이 도착했습니다. 형광펜으로 줄까지 그어서 말이죠. 유사 부동산이 두 개 이상인 경우 공동주택가격 차이가 가장 적은 것으로 한다(행정

안전부 훈령 제337호 제14조 제1항 제1호)고 되어 있더군
요. 감정가액이 여러 개 있을 때는 가장 가까운 날에 해
당하는 가액으로 적용하기에 이와 헷갈렸던 모양입니다
(상속세 및 증여세법 시행령 제49조 제2항). 모르면 용감하
다더니 저를 두고 하는 말이었습니다. 구청에는 곧장 전
화를 걸어 괜히 번거롭게 해 죄송하다는 말씀을 드렸습
니다.

여러 사람에게 부끄럽고 민망한 사건이었지만, 이렇게
배우고 나면 평생 잊어버릴 일은 없겠죠?

작은 인연을
소중히 여기는 마음

5월 중순의 금요일. 소득세 신고가 한창일 무렵이다. 사무실 여기저기서 "어?" 하는 소리가 연달아 터져 나왔다. 곧이어 내 차례.

"어? 인터넷이 안 되네요?"

갑작스러운 인터넷 먹통. 인터넷이 끊기면 서버 컴퓨터에서 작동하던 세무 프로그램이 멈추는 것을 시작으로, 직원 컴퓨터와 서버 컴퓨터 간 접속도 끊어진다. 게다가 사무실 인터넷 전화, 와이파이까지 모두 사용할 수 없어 컴퓨터로 할 수 있는 건 '휴지통 비우기' 말고는 없다.

종합소득세라는 험난한 산의 7부 능선을 넘어야 하는 지금, 절대 일어나서는 안 되는 일이 터진 것이다. 하지만 인터넷이 안 되는 경우는 전에도 종종 있었기에 곧 복구되겠거니 하고 편하게 마음을 먹었다. 그러나 30분이 지나도 연결될 기미가 보이지 않자 바로 KT 고객센터에 전화를 걸었다.

"고객님, 신호가 안 잡히네요. 우선 전원 케이블을 빼고 10분 있다가 다시 연결해 보시겠어요?"

안내대로 몇 번 시도했지만 인터넷은 여전히 먹통이었다.

"기사님 예약을 도와드릴까요?"

"저희가 정말 급한 상황이라 최대한 빨리 부탁드려요."

"순서대로 예약되는 거라서 아무리 빨라도 다음 주 수요일이네요. 괜찮으실까요?"

다음 주 수요일은 무려 5일 뒤다. 밤낮, 주말을 가리지 않고 신고 업무에 힘써야 하는 시기에 그냥 회사 문을 닫으라는 말과 다르지 않았다. 급한 사정을 아무리 설명한들 답변은 변하지 않았고 어쩔 수 없이 다음 주 수요일로 예약을 잡았다.

"세무사님, 이제 어떡하죠?"

직원들 걱정에 차마 얼굴을 들지 못했다. 정말 휴지통 비우기 말고는 아무것도 하지 못하는 상황. 무력감에 할 수 있는 것은 모두를 퇴근시키는 것뿐이었다.

"오늘은 먼저들 일어나시죠."

혼자 남은 사무실에서 참고 있던 육두문자가 입에서 쏟아
져 나왔다. 이전에 서버 컴퓨터가 고장났을 때와는 비교조차
할 수 없는 심각한 위기 상황이었다. 그러나 아무리 신경질을
낸들 달라지는 것은 없었기에 어떻게든 방법을 찾아야 했다.

'일단 서버 컴퓨터를 집으로 가져가자.'

집 인터넷에 연결해 금요일 밤부터 주말 내내 혼자서라도
일을 이어가면 그래도 조금 보충이 될 거라 생각했다. 그러나
예상은 보기 좋게 빗나갔다. 세무 프로그램은 회사 IP로만 접
속이 가능했던 것이다. 결국 속수무책으로 금요일을 넘겨야
했다. 그렇게 뜬눈으로 맞은 토요일 아침. 인터넷 A/S 없이 한
발짝도 나아갈 수 없는 현실을 받아들여야 했다. 차라리 월요
일과 화요일은 회사 문을 닫고 그냥 쉬는 게 낫겠다는 생각까
지 들었다.

그때였다! 불현듯 머릿속이 번쩍이며 예전에 인터넷이 안
되었을 때 친절하게 수리해 준 A/S 기사님이 떠올랐다. 당시
감사한 마음에 기프티콘을 선물했기에 혹시나 하는 마음으로
휴대전화를 열어보니 다행히 연락처가 남아 있었다.

토요일 오전. 편히 쉬고 계셨겠지만 염치불구하고 바로 전
화를 걸었다.

"고생하셨네요, 저는 오늘 휴가지만 관할에서 제 후배가

근무 중입니다. 바로 이야기해 놓겠습니다."

"정말 감사합니다!"

기사님은 조금도 개의치 않고 후배를 통한 조속한 수리를 약속하셨다. 그야말로 동아줄이자 목숨줄, 생명의 은인을 만난 순간이었다. 얼마 지나지 않아 후배 기사님이 도착했다. 고장 원인은 꺾여 있던 광케이블이 시간이 지나며 결국 내부에서 끊어진 것이라고 설명해 주셨다. 그리고 약 15분 만에 인터넷이 부활했다.

만세!

그야말로 칠흑 같은 어둠 속이었다. '5일 쉰다고 해서 소득세 신고 마감일을 놓치지는 않아.' 달콤한 속삭임에 다 내려놓고 싶다는 마음이 스치기도 했다. 하지만 포기라는 말은 배추를 셀 때나 쓰는 법. 역시 하늘이 무너져도 솟아날 구멍은 있었다. 매일 사무실 창으로 들어오는 햇살이 이날만큼은 광명光明으로 느껴졌다.

——————————————————— 술술이 마음

이제 인터넷은 물이나 공기 같은 존재랄까요? 있을 때는 고마움을 모르다가 없으니 정말 아무것도 할 수 없는 현실을 마주하고 말았습니다. 그야말로 세무사 일을 하며 겪은 가장 큰 위기였습니다. 만약 어쩔 수 없는 일이라 생각하고 포기했다면, 남은 것은 망쳐버린 소득세 신고 일정이었겠지요. 하지만 계속 방법을 찾으려 노력한 덕에 결국 무사히 소득세 신고를 마칠 수 있었습니다.

세무 일도 이와 다르지 않습니다. 별도로 의뢰를 받아 진행했던 종합소득세 기한 후 신고가 기억납니다. 얼음장같이 차가운 세무서 조사관님을 만났기에 일이 쉽게 진행되지 않았습니다. 그래도 지성이면 감천이라는 말처럼 어떻게든 좋은 결과를 만들어 보고자 애걸복걸 사정을 했지요. 그러던 어느 날 조사관님이 의아한 듯 물었습니다.

"아니, 세무사님이 왜 이렇게까지 하시는 거예요? 세무사님 잘못도 아니잖아요?"

계속된 간절한 부탁에 결국 얼었던 마음이 조금은 녹아내렸는지 만족스럽게 일을 마칠 수 있었습니다. 법으로 안 되면 정성으로, 정성으로도 안 되면 정말 바짓가랑이라도 잡겠다는 절박함으로 임한다면 분명 더 나은 결과

를 만들 수 있다고 믿습니다. 그리고 작은 인연을 소중
히 여기는 마음도 결코 잊어서는 안 되겠습니다.

카운슬러가 된
술술이

"술술이 세무사 맞나요?"

전화로 상속세 상담을 예약한 내담자가 문을 열고 들어왔다. 우리 할머니가 생각날 만큼 연로한 어르신이었다. 이분은 나와 협업하고 있는 법무사 사무소를 통해 연락을 주셨는데, 전화로 이미 '납부할 세금이 없어 신고하지 않으셔도 된다'라고 충분히 말씀드린 상황이었다. 그런데도 무언가 찜찜한 구석이 있으신지 기어코 사무실을 방문하셨다.

"더 궁금한 부분이 있으신가요?"

"그게…."

어르신은 한참 뜸을 들이셨다. 법무사님을 통해 전해 들은 바로는 상속재산 가액이 6억 원 정도라, 일괄공제 5억 원과 배우자공제 5억 원을 더하면 최소 10억 원까지 상속재산에서 공제할 수 있기에 상속세 신고의 의미가 크지 않은 상황이었다. 그런데 초조해하는 모습에서 뭔가 어려운 걸음을 한 다른 이유가 있는 것 같았다.

"세무사님, 내가 실수를 한 것 같아."

뜻밖의 고백이 이어졌다.

1. 내담자는 2층짜리 단독 주택을 남편과 절반씩 소유
2. 최근 남편이 사망함에 따라 그 지분에 대한 상속이 개시
3. 남편 지분은 모두 아들에게, 차후 본인 지분은 딸에게 상속하기로 계획
4. 아들은 동의했으나 딸은 5대 5 동일 지분 상속을 요구
5. 내담자 역시 아들이 이를 당연히 자기 몫이라 여기는 모습을 보고 의사를 변경
6. 결국 법정 상속분으로 상속을 정리

이 경우 법정 상속분은 배우자가 1.5, 두 자녀는 각 1의 비율로 계산된다(민법 제1009조).

세금만 놓고 본다면, 향후 어르신의 별세까지 고려했을 때

남편 지분을 전부 자녀에게 상속하는 것이 유리했다. 그러나 절세만을 이유로 배우자 몫을 강제로 포기시키는 것은 있을 수 없는 일. 법정 지분대로 상속받는 것을 잘못이라 생각할 수는 없었다. 하지만 세금보다 더 큰 문제는 어르신이 중심을 잡지 못하고 갈팡질팡한 탓에 부모와 자식 간은 물론, 남매 사이마저 크게 틀어지는 사달이 난 것이었다.

"다 어르신 잘못입니다. 대체 왜 그러셨어요."

답답한 마음에 어르신을 꾸짖었다.

"내가 뭐에 홀렸나 봐."

"이제는 바로 잡고 싶으신 거죠?"

어르신은 말없이 고개를 끄덕이셨다.

"그럼, 배우자 몫은 포기하고 자녀에게 각각 지분 5대 5로 주는 것으로 다시 협의하시죠. 그래야 나중에 유류분 문제가 생기지 않습니다."

유류분이란 특정 상속인이 유산을 독차지하지 못하도록 최소한 법정 상속분의 2분의 1은 상속받을 수 있도록 보장하는 제도다(민법 제1112조).

아들이 아버지의 지분을 전부 상속받아 남매 사이가 다시 보지 않을 만큼 멀어진다면, 이후 어르신이 돌아가셨을 때 본인 지분이 전부 딸에게 상속될 것이라는 보장이 없는 것이다.

그렇기에 이번에 반드시 5대 5로 상속을 진행해야 했다. 곧장 법무사님에게 전화해 확인해 보니 아직 취하가 가능한 상황. 가족이 다시 모여 '상속재산 분할협의서'를 새로 작성하면 문제를 바로 잡을 수 있다. 가족 사이를 회복할 정말이지 마지막 기회였다.

"바로 아드님께 전화부터 하시죠."

어르신은 떨리는 손으로 전화번호를 눌렀다.

"저 일하고 있어요. 바빠요."

전화를 받은 아들의 목소리는 퉁명스러웠다.

"아들, 있잖아. 내가 생각을 잘못했어…."

이어진 장황한 설명과 두루뭉술한 표현에 통화는 늘어지기만 했다. 반복되는 상황 설명에 지친 아들은 듣는 둥 마는 둥 서둘러 대화를 마치고 싶어 하는 듯했다.

"전화기 주시겠어요?"

확실하게 의사를 전달하기 위해 제3자인 내가 이야기하는 것이 차라리 나아 보였다. 노구를 이끌고 세무사를 찾은 어머님의 결심과 5대 5 지분에 대한 전문가로서의 의견을 정리해 말씀드리니 그제야 아들도 내용을 이해했다. 전화기를 돌려받은 어르신은 진심 어린 사과의 말을 전했고 이내 아들의 마음도 녹아내렸다.

"알겠어요. 약속 잡으면 알려주세요."

한 건은 해결했고, 이제 딸 차례였다.

"왜요, 엄마?"

딸의 목소리는 차가웠다. 그러나 아들과의 통화로 경험을 쌓은 어르신은 거두절미하고 진심 어린 사과와 함께 5대 5 지분으로 상속하는 것을 약속하셨다.

"엄마가 잘못했어. 앞으로는 네 말대로 할게, 미안해."

"엄마, 고마워요⋯."

딸의 목소리에서 눈물이 묻어났다.

상담을 마치고 한결 가벼운 마음으로 일어나는 어르신을 보니 그제야 내 마음도 놓였다.

"저, 세무사님."

어르신은 주머니에서 꼬깃꼬깃 접힌 오만 원권 한 장을 꺼내 내 손에 조심스레 쥐어주셨다.

"정말 감사해요. 얼마 안 되지만 맛있는 점심 드세요."

평소 같았으면 정중히 사양했겠지만, 이날만은 세무사가 아닌 가족의 마음을 이어준 상담사가 되었기에 기분 좋게 그 돈을 받았다.

상속으로 가족 사이가 멀어지는 경우를 종종 보곤 합니다. 막내아들만 유독 챙기거나, 오랫동안 부모님을 모신 자녀에게 정당한 몫을 주지 않는다면 이후 자녀들 사이는 불 보듯 뻔합니다. 심지어 유류분 청구로 법정 다툼까지 벌어지면 이제 더는 가족이라 부르기도 힘들어지지요.

따지고 보면 그 책임은 부모에게 있습니다. 무엇이 소중한 것인지 놓쳤기 때문이죠. 중요한 것은 내가 죽은 뒤에도 자녀들이 우애 좋게 지내는 모습 아닐까요? 건강할 때 자녀들을 모아놓고 화목을 우선으로 상속 방향을 미리 정해두었으면 좋겠습니다. 그것이 부모에게 주어진 마지막 역할이라고 생각합니다.

이제 저도 제법 카운슬러 분위기가 나죠?

오래도록 여운이 남은
전화 한 통

대출 규제 등 여러 원인으로 건설경기가 바닥으로 가라앉으면서, 우리 건설업 거래처들 역시 대부분 매출이 반토막 났다. 그런 만큼 폐업이 늘었고, 사업을 유지 중이더라도 기장료와 조정료를 장기간 내지 못한 업체가 적지 않았다.

"안녕하세요, 대표님. 이번 상반기 납부할 부가세가 있어 전화드렸습니다."

"제가 납부할 부가세가 있나요??"

"계산해 보니 차량 처분으로 300만 원가량 나오네요."

"아…."

인테리어 업체를 운영 중인 대표님은 어려운 사정으로 올해 1월에 타고 다니던 리스 차량을 처분했다.

"(중고차 딜러가)그래서 세금계산서를 발행하라고 했구나."

"…"

"어쩔 수 없죠. 알려주셔서 감사합니다."

부가가치세법 제32조 제1항

사업자가 재화를 공급(부가가치세가 면제되는 재화 또는 용역의 공급은 제외한다)하는 경우에는 다음 각 호의 사항을 적은 계산서(이하 "세금계산서"라 한다)를 그 공급을 받는 자에게 발급하여야 한다.

실무를 하다 보면 차량 처분과 관련된 부가세 문의를 종종 받는다. 특히 가장 많이 문의하는 부분은 구입할 때 부가세 매입세액공제를 받지 못했는데, 왜 팔 때는 세금을 내야 하느냐는 것이다. 부가가치세법에 따라 사업자가 재화를 매입해 부가세를 부담한 경우 부가세를 신고할 때 이를 공제받는 것이 원칙이다. 다만, 화물차나 승합차 등을 제외한 일반 승용차의 경우 사업에 전용하기보다는 개인적으로 사용할 가능성이 높아 매입세액을 공제하지 않는 규정을 예외로 두고 있다. 곧 배기량 1,000cc를 초과하는 승용자동차 구입과 임차 및 유지에

관한 매입세액은 공제하지 않는다(부가가치세법 제39조 제1항 제5호).

이렇게 부가세를 공제받지 못한 차량을 운행하다 처분하는 경우, 매입세액공제를 받지 않았으니 처분할 때도 부가세를 내지 않아야 한다고 생각할 수 있다. 하지만 종합소득세를 신고하면서 감가상각비나 차량 유지비 등으로 차량 관련 비용을 계상했다면 그 차량은 사업용 고정자산에 해당해 이를 처분하는 것은 재화의 공급이 되는 것이다. 관련 규정은 본인 명의 차량만이 아니라 렌트나 리스 차량에도 동일하게 적용한다.

전화를 끊고 나니 대표님의 힘 없는 목소리가 귓가를 맴돌았다. 부가세는 조정이 어려운 세금이지만 그래도 한 번 더 자료를 살폈다.

매출세금계산서

- 공급일자: 1월 31일
- 품목: 자동차 판매 매도
- 공급가액: 28,488,440원/**부가세**: 2,848,844원
- 매입처: ○○자동차

중고차 거래는 일반적으로 중고차 딜러를 통해 이뤄지고, 발행하는 세금계산서 역시 딜러가 안내한 금액으로 진행된다. 대표님도 당연히 그런 방식으로 세금계산서를 발행했을 텐데, 의아한 것은 공급가액이 너무 커 보인다.

리스는 금융리스와 운용리스로 나뉜다. 금융리스의 경우 차량 할부 취득과 마찬가지로 소유권이 임차인(사용자)에게 있어 처분할 때 처분 금액 전액에 대해 세금계산서를 발행한다. 반면 운용리스는 소유권이 캐피탈에 있고 임차인은 돈을 빌린 것처럼 차를 빌려 타며 매월 캐피탈에 리스료(원금+이자)를 지급하고 면세계산서를 수령한다. 따라서 운용리스 차량을 처분할 때 남아 있는 대출 원금과 이자는 채무승계로 보아 재화의 공급에 해당하지 않고, 실제 임차인 지위 양도에 따라 수령하는 대가만 재화의 공급에 해당한다(재부가22601-21, 1991.01.08).

대표님의 리스계약은 운용리스였다. 그렇다면 승계하는 원리금, 곧 앞으로 납부할 예정인 리스료 총액은 수령한 대가가 아니므로 공급가액에 포함하면 안 될 것이다. 이상함을 감지하고 곧바로 전화기를 들었다.

"대표님, 차량 관련 세금계산서 금액이 너무 큰 것 같습니다. 리스 스케줄표와 리스 승계계약서 받아볼 수 있을까요?"

얼마 지나지 않아 리스 스케쥴표가 도착했다. 스케쥴표에
따르면, 차량 처분일 현재 남아 있는 원리금은 14,488,440원
이고, 차량의 잔존가액은 18,680,000원이었다. 두 금액을 합
하면 33,168,440원.

세금계산서 공급가액이 28,488,440원인 것을 보면 원리금
승계분 14,480,000원이 제외되지 않은 것 같았다. 그리고 며
칠 뒤 받아온 계약서에 기재된 내용은 아래와 같았다.

- 잔존가치: 14,000,000원
- 월 납부 리스비용: 603,685원×24개월=14,488,440원
- 양도인 인도 금액: 28,488,440원

실제로 대표님이 수령한 금액은 14,000,000원(부가세 포
함)이었다. 이를 바탕으로 세금계산서를 수정하면 이렇다.

매출세금계산서

- 공급일자: 1월 31일
- 품목: 자동차 판매 매도
- 공급가액: 12,727,273원/부가세: 1,272,727원
- 매입처: ○○자동차

당초 발행한 세금계산서보다 부가세가 160만 원가량 줄었다. 신고까지 얼마 남지 않은 상황이었기에 신속하게 수정세금계산서 발행을 안내했다.

며칠 후 걸려온 전화 한 통.

"안녕하세요, 세무사님. 지난번 차량 매각에 신경 써주셔서 정말 감사합니다."

"저도 꼼꼼히 안 봤으면 놓칠 뻔했습니다. 잘 처리되어서 다행이네요."

"다름이 아니라 그간 밀린 기장료와 조정료를 보내드리려고 하는데 금액이 얼마나 될까요?"

"…"

"그동안 못 드려서 너무 죄송했습니다."

"상황이 나아지면 그때 말씀해 주시죠."

"그래도 경우가 있지요. 문자로 금액 꼭 알려주세요."

대표님은 현재 사업을 이어가지 못하고 미수채권을 받기 위해 유치권을 행사하러 다니는 중이셨다.

유치권(민법 제320조)

타인의 물건을 점유하면서 그 물건과 관련된 채권이 있을 때 변제받을 때까지 반환을 거절할 수 있는 권리

그 어려운 사정을 잘 알기에 올해 세무 업무는 무료로 진행하겠다고 말씀드렸지만, 그건 아니라며 한사코 거절하셨는데…. 차를 팔아서 조금이나마 여윳돈이 생기자 미수금을 정리하려고 전화를 주신 것이다. 세무사는 업무 특성상 거래처의 매출 사정을 속속들이 알고 있다. 당장 폐업해도 이상하지 않을 만큼 힘든 업체에 밀린 기장료를 달라고 요청하는 것은 상처에 소금을 뿌리는 격이기에, 차마 입을 열기 어렵다. 그렇게 말 못하는 시간이 쌓이다 보면, 이후 사정이 나아지더라도 내가 먼저 미수금 이야기를 꺼내기 전까지는 어물쩍 넘어가기 마련인데….

전화를 끊고 나서 눈시울이 붉어지고 코끝이 찡해왔다. 다 합쳐 몇십만 원이 채 되지 않는 돈이었지만, 내게는 천금보다 더 귀하게 느껴졌다.

술술이 마음

사업을 하는 입장에서 미수금을 받아야 하는 것은 당연한 일입니다. 그렇지 못하면 진즉 폐업하는 것이 맞겠지요. 그러나 세무 일은 필연적으로 거래처가 잘되어야만 함께 성장하는 구조입니다. 그래서 어느 순간부터 거래처는 단순한 고객이 아닌 사업의 동반자처럼 느껴집니다. 그런 상황에서 어려움을 겪고 있는 업체에 돈 이야기를 꺼내기란 참으로 어렵습니다. 최선을 다해 사업을 도우며 사정이 나아지기만을 기다릴 뿐이지요.

저는 대표님의 어려운 사정을 알게 된 뒤로 더는 미수금 청구를 하지 않았습니다. 오히려 무료 진행을 말씀드렸죠. 그래서 이번 일이 더 뜻밖이었습니다. 미지급금 처리가 당장 급한 일이 아니었을 텐데도 대표님께서는 제게 먼저 연락을 주셨던 것입니다. 어떤 마음으로 전화를 주셨는지는 여전히 헤아리기 어렵습니다. 다만, 제 진심을 알아주신 것 같아 오래도록 여운이 남았습니다.

최고의
영업

따르릉.

"안녕하세요, 대표님."

"세무사님, 별일 없으시죠? 다름이 아니라 주변에서 세무사를 좀 소개해 달라고 하네요. 그곳이 좀 작은 회사인데, 그런 곳도 맡아주실 수 있나요?"

"무슨 말씀을요. 저야 감사하죠."

"괜히 일만 늘고 귀찮게 해드리는 건 아닐까 싶어서요."

"그런 걱정은 접어두시고 꼭 소개해 주십시오."

"알겠습니다. 연락하라고 할게요. 잘 부탁드리겠습니다."

"감사합니다, 대표님!"

경기 악화로 거래처 폐업이 잦은 요즘, 마음속으로 다시 한 번 '감사합니다'를 외치고 기분 좋게 전화를 끊었다. 그런데 어째 대화 내용이 조금 이상하다. 거래처 대표님은 업체를 소개하면서 왜 미안해하실까? 마치 갑과 을의 위치가 뒤바뀐 듯한 느낌이 들었다. 이 이야기는 일 년 전으로 거슬러 올라간다.

대표님은 먹자골목에서 오랫동안 술집을 운영한 분으로, 사업 초기에는 관련 협회를 통해 세무를 맡기다가 여러 불만으로 도저히 안 되겠다 싶어 나를 찾아오셨다. 남자답고 재미있는 성격이셔서 연락할 때마다 기분 좋게 통화하곤 했는데, 여러 사정으로 매출이 곤두박질치면서부터는 아무래도 여유가 없으셨는지 어느 날부터는 연락이 잘 되지 않았다. 자연스럽게 밀린 기장료가 몇 개월 치를 훌쩍 넘어갔다.

그런 와중에 맞이한 5월 종합소득세 신고. 연락이 안 되기는 매한가지였지만 신고에 차질이 없도록 어떻게든 결산 내용과 납부할 소득세를 알려드리며 최선을 다해 신고를 마무리했다. 그리고 소득세 조정료를 청구할 차례였다.

'그냥 넘어갈까?'

안 그래도 힘드신데 엎친 데 덮친 격이 될까 싶어 이번 신고는 무료로 진행해야 할지 깊이 고민했다. 하지만 코로나 당시, 다른 사업장도 어렵기는 마찬가지였다. 힘든 상황에서도 기장료가 밀리거나 연락이 되지 않는 업체는 없었다. 기장료가 한참 밀린 지금, 아무 말도 하지 않고 조정료까지 넘어가는 것은 다른 거래처와 형평성에 맞지 않았다.

'우선 원칙대로 수수료를 안내하고, 사정을 고려해 다시 이야기를 나눠보자.'

결정을 마치고 전화기를 들었다. 그러나 이후 한 달이 넘도록 대표님과 연락이 되지 않았다. 사업에는 언제나 부침이 있기 마련이다. 하루이틀 알고 지낸 사이도 아닌데, 어려운 사정을 솔직히 말해주었다면 돈 문제쯤이야 얼마든지 대화로 해결할 수 있었을 것이다. 그런데 일방적으로 연락을 끊어버리는 건 아무리 생각해도 경우가 아니었다. 결국 읽으실지 모를 문자 한 통을 남겼다.

> 대표님, 보실지 모르겠습니다. 연락이 닿지 않아 답답한 마음입니다만, 제가 모르는 어려운 사정이 있으시겠지요. 지난 5월부로 기장 계약은 종료하고, 그동안 밀린 대금은 받지 않겠습니다. 건강 잘 챙기시고, 하시는 일 잘되시기를 바랍니다.

무책임한 대표님의 태도에 크게 실망했지만 더 길게 적어 무엇하랴. 이것이 우리의 마지막이었다. 그리고 6개월이 지난 무렵 전화가 걸려왔다.

"안녕하세요, 술술이 세무사입니다."

"세무사님, 안녕하세요. 저 ○○○입니다."

○○○? 누구였더라…. 아, 먹자골목 사장님!

"대표님! 오랜만에 목소리 듣습니다."

"그때 제가 좀 어렵다 보니…. 미안합니다."

대표님은 사과의 말을 건넸다.

"그러실 수 있죠."

"다시 세무사님과 일하고 싶은데…."

떠날 때는 마음대로 떠났어도 돌아오는 건 내 허락이 필요하다.

"안 됩니다."

단호하게 거절의 말을 내뱉었다. 이제 와서 무슨 염치로 이런 말을 한단 말인가. 사업을 하다 보면 누구나 어려울 때가 있다. 하지만 돈은 잃어도 신뢰까지 잃으면 안 되는 법이다.

"세무사님, 정말 미안합니다."

"대표님, 그렇게 연락을 피하시고 이제 와서 다시 같이하자는 건…. 이건 서로에 대한 예의가 아닌 것 같습니다."

"…"

"제 마음이 어땠겠습니까?"

"…"

"신고도 잘 마무리했고, 돈도 받지 않기로 했습니다. 이렇게 정리하시죠."

"…"

"전화 끊겠습니다."

대표님은 죄인이 된 것처럼 한마디 말도 하지 못하셨다.

'마음이 매우 불편하셨겠지.'

하지만 그건 나 또한 마찬가지였다. 그간 쌓인 이야기를 쏟아냈으면 마음이 후련해야 할 텐데, 통화를 마치고도 머릿속이 복잡해 한참 동안 일이 손에 잡히지 않았다.

다음 날.

"안녕하세요, 세무사님."

연락도 없이 대표님이 불쑥 사무실을 방문하셨다. 사무실에 퍼지는 담배 냄새. 대표님 손에 쥐어진 담뱃갑이 보였다.

"안녕하세요. 어쩐 일로 오셨어요?"

"정말 미안합니다. 정말 그러면 안 되는데 사업이 어렵다 보니 큰 실수를 했습니다."

"…"

"앞으로 다시는 그런 일 없을 테니 부탁드리겠습니다."

인터넷 검색 한 번으로 세무사가 수두룩하게 나오는 세상에 스무 살이나 어린 녀석을 찾아와 연신 사과와 함께 세무 계약을 부탁하는 것이었다. 대표님은 공짜로 세무를 처리했다는 기쁨보다 신의를 저버렸다는 죄책감에 괴로우셨던 모양이다. 강철로 된 심장이라도 이제는 녹아야 할 때다.

"알겠습니다."

"세무사님, 고맙습니다. 다시는 이런 일 없을 겁니다."

"아니에요. 너무 매몰차게 말씀드려서 제가 더 죄송하죠. 잊지 않고 찾아주셔서 감사합니다."

그 후 대표님은 밀린 대금을 전부 지불하셨고, 기장료를 좀더 받아야 하는 것 아니냐며 마음의 준비를 하고 있으니 언제든지 올리라고까지 말씀해 주셨다. 나는 단돈 몇십만 원으로 사람의 마음을 산 것이다.

술술이 마음

앞서 전단지 배포와 모임 참석, 블로그 운영까지, 여러 영업 경험을 적었지만, 사실 가장 좋은 영업은 소개입니다. 특히 기존 거래처가 소개해 주는 것만큼 신뢰감을 주는 영업이 없지요. 사실 누군가에게 함께하는 세무사를 소개해 주기란 생각보다 어려운 일입니다. 혹 개인정보가 새어나가지는 않을까 걱정되기도 하고, 괜히 소개했다가 아쉬운 소리라도 듣는다면 그 스트레스도 무시하지 못하죠. 그럼에도 누군가에게 소개한다는 것은 그 사람의 마음을 얻었다는 뜻이겠죠? 한 사람의 마음을 얻으면 그 한 사람을 통해 열 명을 알게 되고, 다시 그 열 명이 백 명으로 돌아오는 선순환이 이뤄진다고 생각합니다.

"상즉인 인즉상商卽人 人卽商, 장사란 사람을 남기는 것이다."

개업 10주년을 기념하며 직원들과 나누었던 기념사로 책
을 마무리하겠습니다.

오늘은 제가 세무서에서 사업자등록을 신청한 후 10년하고도
이틀째 되는 날입니다. 무언가에 의미를 부여한다는 것이 조금
부끄럽지만, 한 자리에서 10년 동안 망하지 않고 계속 성장했다
는 것은 자랑스러울 만한 일이라는 생각이 듭니다.
세무 업무는 참 어려운 일입니다. 세무서에서 걸려 오는 전화나
거래처로부터 폐업 연락을 받을 때면 심장이 두근거립니다. 예
상치 못한 일이 폭탄처럼 터질 때면 하루 종일 외줄타기를 하는

것처럼 긴장이 되고, 가끔 힘든 일이 한꺼번에 몰리는 날에는 도망치고 싶다는 생각이 들 때도 있습니다.

그러나 어렵고 힘든 일을 그저 참고 견디기만 한 것은 아닙니다. 미사여구로 스스로를 포장한 적은 없지만, 저는 우리 회사, 우리가 하는 일에 자부심을 갖고 있습니다. 회사의 신조처럼 "세무는 정성이다"라는 말을 마음속 깊이 새기며 정성을 다해 일한다는 자부심입니다.

정성을 다한다는 건 똑같은 일을 반복한다는 말이 아닙니다. 업무 효율을 높이고 고객에게 더 좋은 결과를 가져다 줄 수 있도록 끊임없이 연구하고 공부하며 새로운 것을 적용한다는 의미입니다. 무엇보다 고객을 진심으로 소중하게 생각하는 마음으로 일하는 것입니다.

하지만 그렇게 일하는 것이 한편으로는 괴롭습니다. 솔직히 오늘 일을 내일로 미루고 싶을 때도 많습니다. 더 배우기보다는 그냥 하던 대로 하거나, 당연히 해야 할 일을 해놓고는 생색이나 내고, 우리의 실수는 덮어두고 넘어가고 싶습니다. 어수룩한 고객의 일은 대충 넘어가고, 깐깐한 고객의 일은 책잡히지 않으려 더 철저히 해야겠다는 유혹이 들기도 합니다. 그러나 우리는 그렇게 하지 않았습니다. 불편하고 힘들어도 그 길이 옳은 길이면 묵묵히 나아갔습니다. 그렇기에 저는 우리 회사를 성성을 다하는 회사, 고객의 돈이 아닌 믿음을 좇는 회사라고 생각합니다. 저희보다 일도 잘하고 돈도 잘 버는 세무사가 수두룩하겠지만, 좌고우면하지 않고 어제보다 더 나은 내가 되려 노력하겠습니다. 저 혼자서는 절대 10년이라는 세월을 버텨내지 못했을 것입니다. 과장님과 대리님이 서로를 아끼고 회사를 사랑하는 마음으로 함께해 주셨기에 가능한 시간이었습니다. 무엇보다 전적으로 저를 믿고 일을 맡겨준 많은 분이 있었기에 가능한 일이었습니다.

아직 철없고 부족한 게 많지만, 앞으로 다가올 10년도 변함없이 잘 부탁드리겠습니다.

— 술술이 마음

전단지를 돌렸던 날이 정말이지 엊그제 같습니다. 언제 시간이 이렇게 흘렀을까요? 돌아보면, 당장 망해도 이상하지 않을 만큼 어려운 순간이 많았습니다. 세무 일이 힘들어 '인생은 고통'이라는 말을 입에 달고 산 적도 있었고요. 하지만 그 순간을 피하지 않고 용기 내어 마주하니, 어느새 제 이야기를 책으로 내는 날이 왔습니다.

"조금 돌아가도 정도正道를 걸으면 성공한다."

개업 초기에 들었던 말이 오늘따라 더 깊이 와닿습니다.

한때 막연히 '좋은 세무사'가 되고 싶었습니다.

세법을 잘 아는 세무사?

돈을 잘 버는 세무사?

정작 '좋은 세무사'가 무엇인지 도무지 알 수가 없었죠.

시간이 흐른 지금, 이제 그 답을 조금은 알 것 같습니다.

"좋은 세무사는 좋은 사람이다."

불광동 세무사는 오늘도 성장 중

1판 1쇄 펴냄 2026년 01월 05일

지은이 김우영
펴낸이 천경호
종이 페이퍼링크
제작 (주)아트인
펴낸곳 루아크
출판등록 2015년 11월 10일 제2021-000135호
주소 10881 경기도 파주시 회동길 480, 아트팩토리 NJF B동 233호
전화 031.998.6872
팩스 031.5171.3557
이메일 1uachbook@daum.net

ISBN 979-11-94391-31-9 03810